Koos Meinderts

Ich kann das Meer sehen

Koos Meinderts
geboren 1953 in Den Haag, schreibt Romane, Gedichte und Liedtexte – sowohl für Kinder als auch für Erwachsene – und ist mit vielen Preisen ausgezeichnet worden. Er lebt in Utrecht.

Nederlands letterenfonds
dutch foundation for literature

Wir danken dem Nederlands letterenfonds
dutch foundation for literature
für die Förderung der Übersetzung.

Die Originalausgabe erschien unter dem Titel „De zee zien" bei Uitgeverij De Fontein, Utrecht 2016

ISBN 978-3-7026-5917-2
1. Auflage 2017

Einbandgestaltung: Leentje van Wirdum

Druck und Bindung: Christian Theiss GmbH, A-9431 St. Stefan

Koos Meinderts

Ich kann das Meer sehen

Aus dem Niederländischen übersetzt
von Monika Götze

Jungbrunnen

In memoriam
Jan Batist

Prolog

Von unten sah ich zu, wie Jan singend den Schornstein hinaufkletterte. Oben angekommen, winkte er triumphierend. Er rief noch etwas, aber ich konnte nicht verstehen was – „Ich kann das Meer sehen", hatte er das gerufen? –, dann stürzte er herunter und ich lief nach Hause: Es ist nichts passiert, es ist nichts passiert.

Mein Vater erzählte mir, was ich schon wusste, als Erster gewusst hatte – sogar noch vor Jans Eltern.
„Jan ist tot."
„Was?!", rief ich. „Was?!"
Ich spielte mein Überrascht-Sein so überzeugend, dass es nie mehr einen Weg zurück geben würde. Für den Rest meines Lebens würde ich nun so tun müssen, als hätte ich von nichts gewusst.
Und das ist mir eigentlich gar nicht so schwer gefallen. Zwar hatte ich Jans Sturz gesehen und wie er danach auf dem Boden gelegen hatte, aber etwas so Unwirkliches wird erst Wirklichkeit, wenn man es von einem anderen erzählt bekommt.

„Jan ist tot."
„Was?! Was?!"

Er wurde sechzehn Jahre alt. Über seinen Tod wurde sogar in der Zeitung berichtet, eine kurze Meldung in den Lokalnachrichten: *Junge bei Sturz vom Schornstein tödlich verunglückt.* Ich habe den Artikel ausgeschnitten. *Der Rettungsdienst hat den Leichnam des Verunglückten ins Haus der Eltern gebracht.*

Glossar auf Seite 136

Das ist, was ich vor mir sehe: Jans Mutter auf dem Küchenstuhl, auf dem sie immer saß, wenn sie Kartoffeln schälte oder Bohnen fädelte.
„Hallo Frau Noordermeer."
„Hallo Kees. Alles in Ordnung zu Hause?"
„Ja, alles prima."
„Jan ist oben in seinem Zimmer. Geh ruhig hinauf zu ihm, Kees."
So waren die Kartoffelschälgespräche immer verlaufen. Aber inzwischen haben sie sich verändert, jetzt wird nicht mehr gesprochen, jetzt sitzt Jans Mutter da, mit ihrem toten Kind auf dem Schoß, das den Kopf merkwürdig nach hinten verdreht hat. Sie weint nicht, oder vielleicht doch, aber dann lautlos. Sie schaut, wie nur eine Mutter schauen kann, die das Kind, das sie auf die Welt gebracht hat („Es ist ein Junge!"), in den Armen hält.
Nur sie und Jan sind da, sonst ist niemand in der Küche. Mutter und Kind. Und sie sitzen dort immer noch. Sie gehen nicht weg.

Nächste Woche werde ich siebzig und das muss gefeiert werden, finden die Kinder. Ich möchte sie nicht enttäuschen, sie bekommen ihr Fest, aber meine Geschichte, die behalte ich für mich.

1959

1

Jan kam mit einem Schlag in mein Leben – im wahrsten Sinne des Wortes. Ich war unten an der Wit-Brücke und angelte, da, wo der Kohlenpfad anfängt, der zur Gärtnerei von Piet van Vliet führt, wo ich mir mit Tomatenpflücken und Holzkisten einschlagen etwas Geld verdiente.
Kisten einschlagen ist nicht schwer. Sie werden aus dem Großmarkt, wo die Gemüseauktionen stattfinden, angeliefert und sind paarweise ineinandergesteckt. Ich ziehe sie auseinander und türme sie zu einem Stapel auf, ungefähr bis in Brusthöhe. Dann fängt die eigentliche Arbeit an. Schnell ergreife ich eine Kiste nach der anderen und lege ein Stück gewellte Pappe auf den Boden. Pro Holzkiste bekomme ich einen Cent.

„Hau ab! Das ist mein Platz."
Auf der Brücke stand ein Junge, der mir irgendwie bekannt vorkam. Ich tat, als ob ich ihn nicht gehört hätte und starrte auf meinen Schwimmer. Ich angelte mit lebendem Köderfisch – die Barsche waren auf Futterjagd.
Mit weit aufgesperrten Mäulern sah ich sie auf der Jagd nach Beute durchs Wasser schießen, manchmal vier, fünf gleichzeitig, die bläulich grünen Fischleiber aggressiv gestreift wie Indianer auf Kriegspfad. Mit den knallroten Schwänzen schlugen sie aufs Wasser.
„Bist du taub?", rief der Junge, als ich nicht reagierte.
Taub war ich nicht, aber es schien mir das Vernünftigste, mich taub zu stellen. Der Junge würde von selbst abhauen.
„Das ist mein Platz!", rief der Junge erneut.
Mein Platz ... Was sollte das denn heißen? Er hatte noch nicht einmal eine Angel bei sich.

Ich holte die Leine ein, kontrollierte, ob die kleine Plötze, die ich gerade erst am Angelhaken befestigt hatte, noch lebte, und warf die Leine wieder aus. Am liebsten hätte ich mit Grundeln auf Barsch geangelt, einem kleinen gefleckten Fisch, der auf dem Boden von Wassergräben lebt. Obwohl sie so klein sind, sind sie unschlagbar. Ich hatte mal mit einem einzigen Grundel drei Barsche gefangen.
Der Junge stieg vom Fahrrad und kam auf mich zu. Jetzt wurde es ungemütlich, er war einen Kopf größer als ich. Woher kannte ich ihn nur? Da fiel es mir wieder ein: War das nicht der Junge aus dem Laetitia-Saal, dem Nebenraum der Kirche, der als Gemeindesaal genutzt wurde?
Alle vierzehn Tage organisierte dort das Kinder-Komitee am Wochenende einen Filmabend. Welcher Film gezeigt wurde, wurde nicht angegeben, aber meistens waren es Western oder Filme, in denen ein Hund die Hauptrolle spielte: *Lassie* oder *Rin Tin Tin* zum Beispiel. Das letzte Mal wurde ein *Dick und Doof*-Film gezeigt, meine Lieblingsserie. Deswegen war ich auch stinksauer, als der Film plötzlich riss.
Die Lichter gingen an, ich drehte mich zu dem Mann um, der den Projektor bediente, und sah, wie sich ein Junge in der letzten Reihe auf den Stuhl stellte. War das etwa der gleiche Junge, der jetzt behauptete, ich würde an seinem Platz angeln?
„Ich will mein Geld zurück", hatte er lauthals durch den Raum gerufen. Er wurde sofort bei den Armen gepackt und nach draußen gebracht. Ich erinnere mich noch, dass ich ihn beneidete, weil er sich das getraut hatte. Ich könnte das nicht. Genauso wenig wie ich mich in die letzte Reihe trauen würde, wo die Jungen und Mädchen saßen, die nicht wegen des Films hier waren, sondern wegen einander.

Der Junge stand nun direkt vor mir. Jetzt war ich mir sicher, er war es!

Paff!
Er traf mich mitten im Gesicht. Ich ließ die Angel fallen und griff mir an die Nase, die nach dem Schlag sofort zu bluten anfing.
Im gleichen Augenblick wurde mein Schwimmer unter Wasser gezogen. Angebissen, es hatte ein Fisch angebissen! Und es schien kein kleiner zu sein! Ich bückte mich, um die Angel aufzuheben. Der Junge, der ebenfalls gesehen hatte, dass einer angebissen hatte, tat das Gleiche, sodass unsere Köpfe zusammenknallten. Das muss wie eine Szene aus *Dick und Doof* ausgesehen haben.
Wir hielten beide die Angel fest. Der Barsch, den ich meinte, am Haken zu haben, schien ein Hecht zu sein. Es dauerte bestimmt eine Viertelstunde, bevor wir ihn aus dem Wasser geholt hatten.
„Jan“, sagte der Junge. „Ich heiße Jan.“

2

In der Nacht hatte ich wieder Nasenbluten. Unten in der Küche sah ich im Spiegel über der Spüle, dass meine Nase geschwollen war. Außerdem hatte ich ein blaues Auge. Ich sah aus wie ein Boxer nach einem Kampf.

Ich ballte die Hände zu Fäusten, machte ein paar Boxbewegungen und schnaufte dazu bei jedem Schlag, dann riss ich beide Arme triumphierend in die Höhe. Floyd Patterson, Weltmeister im Schwergewicht.

Schnell nahm ich die Arme wieder herunter, denn sie sahen bescheuert aus, meine dünnen Ärmchen: Typische Hungerwinter-Kinderarme.

Ich wusch mir das Blut aus dem Gesicht und ging wieder die Treppe zum Dachboden hinauf, wo meine vier Schwestern schliefen. Truus direkt neben der Treppe, Toos und Lies nebeneinander unter der Dachschräge und daneben Gerda.

Als ich die Tür zum Jungenschlafzimmer öffnete, hörte ich die Stimme meiner Mutter: „Bist du das, Kees?“

„Ich habe unten etwas Wasser getrunken“, sagte ich. „Ich hatte Durst. Gute Nacht.“

Ich zog die Tür hinter mir zu und kroch unter meine Bettdecke, nachdem ich Bertje, der im Schlaf die Decke weggestrampelt hatte, zugedeckt hatte. Bertje lag neben dem Stockbett, das ich mir mit Rinus teilte. Ich schlief oben.

Nach den Sommerferien würde ich in die Abschlussklasse der *Heiligen Familie* gehen, unsere Hauptschule in der Stadt, und dann auch ein eigenes Zimmer bekommen – das Zimmer, das im Moment noch das Schlafzimmer meiner Eltern war. Sie würden nach unten ins Vorzimmer ziehen, das durch Bleiglas-Schiebetüren vom Wohnzimmer abgetrennt wurde.

Am nächsten Morgen wollte meine Mutter, dass ich zum Hausarzt ginge, um meine Nase untersuchen zu lassen.
„Muss das sein?“, fragte ich.
„Dein Kopfkissenbezug war voller Blut.“
„Na und?“
„Soll ich mitkommen?“
„Mama, ich bin fünfzehn!“
„Dann stell dich nicht so an.“
Bevor ich zum Arzt ging, ging ich erst noch in den Schuppen, um nach dem Hecht zu sehen. Ich hatte ihn gestern mit nach Hause genommen und in eine Zinkwanne getan, die ich mit Wasser und Entengrütze aus dem Wassergraben gefüllt hatte. Zuerst hatte der Hecht auf der Seite gelegen, als ob er in den letzten Zügen wäre. Und als ich schon dachte, er sei tot, drehte er sich auf einmal um, schwamm kraftvoll ein paar Runden und schien seine Gefangenschaft akzeptiert zu haben. Um zu verhindern, dass er aus der Wanne heraussprang, hatte ich ein Stück Maschendraht darübergelegt.

Bertje, der den „Echt“, wie er den Hecht nannte, auch sehen wollte, war mit mir gekommen. Als ich den Maschendraht von der Wanne genommen hatte, tauchte mein Bruder sofort seine Hand ins Wasser.
„Nicht!“, rief ich und zog seine Hand heraus. „Das ist gefährlich. Der Hecht kann dich beißen.“
Mein Bruder sah mich verwundert an. Ich legte den Maschendraht zurück auf die Zinkwanne. Der Hecht durfte bis heute Nachmittag im Schuppen bleiben, länger nicht. Meine Mutter brauchte die Wanne, um darin den Spinat zu waschen. Nach der Schule würde ich ihn zusammen mit Jan freilassen, an der gleichen Stelle, wo wir ihn gefangen hatten.

Beim Arzt brauchte ich nicht lange zu warten.
„Steht dir, die Farbe“, sagte er, als er mein Auge begutachtete.
„Prügelei?“
Ich nickte.
„Gewonnen?“
Ich machte eine undeutliche Bewegung mit dem Kopf, die sowohl Ja wie Nein bedeuten konnte.
Mein Auge brauche man nicht zu behandeln, sagte der Arzt, die Nase schon.
„Ich befürchte, sie ist gebrochen. Außerdem scheint sie ein bisschen schief zu sein oder war sie das schon? Mal gucken, ob wir das ändern können.“
Eh ich michs versah, hielt der Arzt meine Nase mit beiden Daumen fest und rückte sie gerade. Die Tränen schossen mir in die Augen.
„So ist es besser“, sagte er und gab mir Schmerztabletten mit, für den Fall, dass es noch wehtun würde.
„Ich glaube nicht, dass du operiert werden musst. Komm nächste Woche wieder her zur Kontrolle.“

Eine paar Jahre später würde ich mir aufs Neue die Nase brechen, dann beim Fußballspielen. Beim Versuch den Ball wegzuköpfeln, knallte ich mit der Nase gegen den Kopf des Gegenspielers. Ich spürte sofort, dass etwas nicht in Ordnung war. Meine Nase schien eine Vierteldrehung gemacht zu haben. Der Trick mit den zwei Daumen klappte diesmal leider nicht: Ich musste operiert werden, nur ein kleiner Eingriff, wohl aber unter Narkose.
Ich bekam eine Inhalationsmaske mit Lachgas aufgesetzt, und als ich das Gefühl hatte, ich würde nicht schnell genug das Bewusstsein verlieren, geriet ich in Panik. Ich war felsenfest davon überzeugt, dass die Narkose nicht wirkte und deswegen musste ich so schnell wie möglich den Arzt warnen. Als ich das

tun wollte, hörte ich die Armbanduhr des Anästhesisten ticken: Tick ..., tick ..., tick ...
Das Ticken wurde immer langsamer und klang immer voller, bis es in Glockengeläut überging.
Aus der Ferne hörte ich eine Stimme sagen: „Da wird wieder jemand fliegen" und spürte, wie meine Unterarme festgehalten wurden. Eine Sekunde später flog ich mit ausgebreiteten Armen über eine glühende Landschaft. Es ertönte Orgelmusik und ein unsichtbarer Engelchor sang *Bleib bei mir, Herr! Der Abend bricht herein.*
Ich erwachte im Aufwachraum und erinnerte mich an das Fliegen und den Engelchor. Ich hatte aus voller Brust mitgesungen. *Bleib bei mir, Herr! Der Abend bricht herein.*
Dieses Lied hatte man auch auf Jans Beerdigung gesungen, als man den Sarg aus der Kirche getragen hatte. An diesem Tag war es glühend heiß gewesen.

3

Jan war nicht allein gekommen, er hatte noch jemanden mitgebracht, ein Mädchen.
„Was hast du da am Auge?“, fragte sie.
Sie hatte ein Gesicht mit feinen Zügen, eine auffallend kleine Nase und leuchtende Augen. Ihre dunkelblonden Haare waren mit einer Spange an der Seite festgesteckt. Sie trug ein hellgrünes Kleid mit weiß-gelben Blumen drauf, wie eine Wiese mit Gänseblümchen.
Ich sah zu Jan.
„Genau“, sagte Jan, „erzähl mal. Was hast du da?“
Anscheinend sollte das Mädchen nicht erfahren, dass ich ihm mein blaues Auge zu verdanken hatte.
„Das ist nichts“, sagte ich.
Sie beugte sich nach vorn, um den Hecht in der Zinkwanne anzuschauen. Dadurch konnte ich in ihren Ausschnitt sehen, der BH ließ den oberen Rand ihrer Brüste frei – für mich Grund genug, rot zu werden. Ich riss den Blick los und schaute wieder zu Jan.
„Was sollen wir machen?“, fragte ich. „Sollen wir ihn freilassen?“
„Freilassen? Bist du verrückt?“, sagte Jan. „Wir haben ihn doch nicht umsonst gefangen! Essen werden wir ihn, aber zuerst kommt er mit uns aufs Foto.“
Das Mädchen richtete sich auf und holte einen Fotoapparat aus der Tasche, einen Kasten, den man vor den Bauch halten musste, anstatt vors Gesicht. Man musste von oben in den Schachtsucher schauen, um zu sehen, was man vor der Linse hatte.

Meine Eltern besaßen keinen Fotoapparat. Ab und zu kam ein Fotograf zu uns ins Haus, ein Bekannter meiner Eltern, der dann die ganze Familie fotografierte. Das letzte Mal war das zu Weihnachten gewesen, da mussten wir uns um die Weih-

nachtskrippe stellen, nach Alter und Größe geordnet. Ich war der Älteste und stand ganz links, dann kamen Truus, Toos, Lies, Rinus, Gerda und Bertje.
„Wo ist das Vögelchen?“, rief der Fotograf.
„Vögelchen? Da ist doch gar kein Vögelchen!“, sagte Gerda entrüstet, und da mussten wir alle lachen.
„Sehr gut“, sagte der Fotograf. „Das wird ein schönes Bild.“
Demnächst würde er wohl wiederkommen, wenn mein neues Geschwisterchen zur Welt gekommen war.
Meine Mutter war wieder schwanger, auch wenn man das noch nicht sehen konnte. Eigentlich sollte ich es noch gar nicht wissen, aber Truus hatte es mir erzählt.
„Das wird wohl das letzte Mal sein“, hatte sie gesagt. „Mama ist schon zweiundvierzig. Dann wird es gefährlich, noch ein Kind zu bekommen. Man kann während der Geburt sterben oder ein mongoloides Kind bekommen, so ein Kind wie Zudammt-und-Vergenäht.“
Zudammt-und-Vergenäht wohnte am Ende der Straße, an der Ecke neben der Kneipe, und hieß eigentlich Rietje. Sie war schon achtzehn, aber geistig auf dem Stand eines Kindes. Rietje konnte sehr wütend werden und dann stampfte sie mit dem Fuß auf den Boden und rief: „Zudammt! Zudammt!“
Sonntags nahm Rietjes Vater sie mit zum Fußball, zu den Heimspielen der ersten Liga des Fußballvereins, für den ich auch spielte. In der Pause durfte sie auf das Spielfeld, und dann marschierte sie zur Marschmusik von *Koning Voetbal* über den Rasen und verscheuchte die Möwen.

Jan holte den Hecht aus der Zinkwanne.
„Halt du ihn am Schwanz fest, dann halte ich den Kopf.“
Das Mädchen drückte auf den Auslöser.
„Bleibt stehen, dann mache ich noch ein Foto.“
„Darf ich ein Foto von dir machen“, dachte ich, von ganz nah,

von deinem Gesicht, deiner süßen Nase und dem Funkeln in deinen Augen, der Spange in deinem Haar. Ich fragte sie natürlich nicht, ich würde mich das nie trauen. Außerdem wusste ich nicht, wie man einen Fotoapparat bediente.
Sie schaute konzentriert in den Sucher.
„Nun schau doch nicht so bedrückt, Junge", sagte das Mädchen zu mir. „Man könnte sonst noch meinen, du hättest Angst vor dem Hecht."
Sie nannte mich *Junge*, Jan hatte ihr also meinen Namen nicht gesagt. Ihren wusste ich ja auch nicht, denn er hatte sie mir nicht vorgestellt. Wer war sie? Jans Freundin?
„So ist's besser", sagte das Mädchen und drückte erneut auf den Auslöser. Jan nahm mir den Hecht aus der Hand. Das Mädchen steckte den Fotoapparat zurück in ihre Tasche und sagte, sie würde jetzt gehen.
„Tschüss!"
Sie machte einen Hopser und ging über die Brücke. Bitte, dreh dich um, und sie drehte sich um und winkte. Wem winkte sie? Jan? Mir?
Bitte lächle, wenn ich es bin, dem du winkst.
Sie lächelte.
„Das ist Marijke", sagte Jan. „Meine Schwester. Sie macht tolle Fotos."

4

Der Hecht schmeckte nach gar nichts.
„Lecker?“, fragte Jan.
Ich nickte.
„Willst du nichts?“, fragte ich.
„Nein, das ist meine Buße“, sagte er. „Weil ich dir gestern eine reingehauen habe.“
„Warum hast du das eigentlich gemacht?“
„Weil es möglich war“, sagte Jan, und damit war für ihn alles gesagt.
Er saß mir im Schneidersitz mit nacktem Oberkörper gegenüber. Zwischen uns lagen die Reste der Glut, über der wir den Hecht gegrillt hatten: Aufgespießt auf einen Stock hatten wir ihn solange gedreht, bis er überall schön gar war.
Jan hatte den Hecht totgeschlagen, mit dem Kopf gegen einen Stein. Ich hatte ihn mit Jans Taschenmesser aufgeschnitten und ausgenommen. Es war ein Armeemesser von Swiss, ein Klappmesser mit allen Extras: unterschiedliche Messerklingen natürlich, aber auch ein Korkenzieher, ein Flaschenöffner, eine Nagelfeile und sogar eine kleine Schere.
„Das hat meinem Onkel gehört“, sagte Jan. „Damit hat er einem NSBler die Kehle durchgeschnitten.“
„War dein Onkel im Widerstand?“
„Natürlich“, sagte Jan. „Meine ganze Verwandtschaft gegen die *Rotmoffen*!“
„Ja“, sagte ich, „gegen die *Rotmoffen*.“

Jan hatte einen muskulösen Oberkörper, breite Schultern und kräftige Oberarme. Ich hatte mein Hemd ausgezogen, aber mein Unterhemd behielt ich an.
Über der linken Brust, auf der Höhe des Herzens, hatte ich mit einer Sicherheitsnadel ein Medaillon angesteckt, ein silbernes

Heilige Maria Mutter Gottes-Medaillon. Am Rand stand der Text *O Maria, ohne Sünde empfangen, bitte für uns, die wir bei dir Zuflucht nehmen* eingraviert. All meine Geschwister trugen ein solches Medaillon an ihrem Unterhemd oder Unterrock.
Ich hatte nicht nur dünne Hungerwinter-Ärmchen und schmale Schultern, sondern auch, und das war viel schlimmer, Mädchenbrustwarzen. So jedenfalls nannte ich sie: zwei weiche, rosafarbene Hubbel, für die ich mich in Grund und Boden schämte. Ich hätte gerne normale Brustwarzen gehabt, wie sie alle Jungen haben, wie Jan sie hatte. Auf Jans schöne Brustwarzen konnte man neidisch sein, ich jedenfalls war's. Hart und männlich und braun. Meine waren nur hart, wenn mir kalt war, oder wenn ich sie mit dem Zeigefinger rieb. Das machte ich dann auch jedes Mal, bevor ich mich vor der Sportstunde oder dem Fußballtraining im Umkleideraum umzog. Lange hielt es leider nicht, in null Komma nichts waren sie wieder zwei weiche, rosafarbene Hubbel, die ein bisschen so aussahen wie die Brüste von Toos, meiner elfjährigen Schwester, die gerade zu wachsen angefangen hatten.
Letzten Samstag hatte ich sie gesehen, als Toos sich ausgezogen hatte, um als Letzte in die Wanne zu steigen und ich Truus dabei geholfen hatte, die Kleinen zu waschen. Truus und ich badeten nicht mehr in der Zinkwanne, wir gingen, genau wie meine Eltern, einmal in der Woche ins Badehaus.
Bertje, Gerda und Lies waren schon fertig, ich war damit beschäftigt, Rinus abzutrocknen.
„Womit bin ich früh dran?“, wollte Toos wissen.
„Du bekommst schon einen Busen“, sagte Truus.
Sofort schlug Toos ihre Arme kreuzweise vor die Brust.
„Das will ich nicht“, rief sie und zu mir: „Glotz nicht so, Kees!“

Jan zündete sich eine Zigarette an. Zum Glück fragte er mich nicht, ob ich auch eine wollte. Rauchen interessierte mich nicht, aber überraschenderweise roch ich es gerne, wenn sich mein Vater eine selbstgedrehte Zigarette anzündete. Und noch besser roch es, wenn er eine neue Dose Tabak öffnete. Mein Vater rauchte Captain Grant Tabak, Halfzware. In der Tabaksdose waren Sammelbilder von Dampfschiffen, die ich in spezielle Alben klebte. Mein erstes Album *Von Meer zu Meer* hatte ich voll, mein zweites *Bei ruhigem Wellengang* fast. Noch bis vor Kurzem hatte ich die Bilder begeistert gesammelt, aber auf einmal interessierten sie mich nicht mehr und ich hatte Rinus die Alben zum Geburtstag geschenkt.

Das war schon merkwürdig, denn die Alben langweilten mich, aber als mein Bruder mit ihnen abzog, hätte ich es beinah bereut.

„Kannst du das?“, fragte Jan.

„Kann ich was?“

„Das: Ringe blasen. Habe ich von meinem Opa gelernt, Opa Vesuvius. Der wohnt bei uns und sitzt die ganze Zeit in seinem Sessel, raucht Zigarren und flucht. *Scheiß, Scheiß, Scheißkerl* ist sein Lieblingsschimpfwort. Er kann nichts dafür, sagt meine Mutter. Er ist senil, er weiß nicht, was er sagt. Manchmal habe ich das Gefühl, der tut nur so.“

Jan bot mir eine Zigarette an.

„Nimm dir eine, *Scheiß, Scheiß, Scheißkerl.* Ringe blasen, versuch’s mal.“

„Es ist zu windig“, sagte ich und gab ihm die Zigarette zurück.

„Drinnen kann ich’s, dann zeig ich’s dir mal.“

„Sonntag?“, fragte Jan.

„Was ist am Sonntag?“

„Sonntag nach der Filmvorstellung.“

„Darfst du da denn noch hin?“

„Warum sollte ich denn nicht dorthin dürfen?“

„Sie haben dich doch das letzte Mal rausgeworfen.“

„Oh, du meinst den Laetitia-Saal. Nein, da gehe ich nicht mehr

hin. Ich gehe am Sonntag zu *Ben Hur* ins Kino in der Stadt. Kommst du mit?“
„Ich weiß nicht, ob meine Eltern das erlauben.“
„Du kannst doch sagen, dass du in den Laetitia-Saal gehst.“
„Mal sehen.“
„Dann weiß ich jetzt schon, dass du nicht kommst!“
„Musst du sonst allein gehen?“
„Marijke geht mit.“
Als ich ihren Namen hörte, sah ich sie wieder vor mir, winkend auf der Brücke in dem Gänseblümchenkleid. Ich spürte, wie meine Brustwarzen hart wurden. Jetzt könnte ich mir das Unterhemd ausziehen.
„Deine Schwester?“, fragte ich.
„Nein, Prinzessin Marijke“, sagte Jan. „Zufrieden?!“
Ich ließ mich nach hinten auf den Rücken fallen und sah in den Himmel. „Eine Lerche“, sagte ich und suchte den Himmel ab, der nicht so hoch, aber sehr tief erschien. „Ich höre eine Lerche. Kannst du sie sehen?“
Jan stützte sich auf die Ellbogen und sah nach oben.
„Nein“, sagte er.
„Aber du kannst sie hören?“
„Ja“, sagte Jan.
„Mist, warum können wir sie dann nicht sehen?“
„Wir hören sie doch“, sagte Jan.
Plötzlich richtete ich mich auf.
„Da!“, rief ich. „Jetzt sehe ich sie. Dort! Ganz weit oben. Gleich lässt sie sich fallen.“
Jan setzte sich neben mich, seine nackte Schulter berührte meine. Er schwitzte ein bisschen. Sein Blick folgte meinem Finger. Endlich hatte er die Lerche entdeckt.
„Da fliegt er dann, unser Hecht“, sagte er.
„Hecht?“
„Na ja, seine Seele eben.“

5

Jan und ich schauten den Lerchen noch eine ganze Weile zu. Immer wieder, wenn wir eine entdeckt hatten, überlegten wir, wessen Seele wir da jubilierend in den Himmel aufsteigen sahen, um sich dann aus höchster Höhe wie ein Stein fallen zu lassen.
„Karl der Große!"
„Napoleon!"
„Ben Hur!"
„Papst Pius der Zwölfte!"
„Hitler!"
„Mein Opa!"
„Das bin ich!", sagte Jan.
„Du?", fragte ich.
„Ich, du, wir alle", sagte Jan. Er stand auf und stellte sich vor mich hin.
„Schlag mich", sagte er. „Schlag mich, so fest du kannst." Er knuffte mich herausfordernd gegen die Schulter. „Hörst du nicht", sagte er. „Schlag mir ins Gesicht. Nun mach schon, schlag zu."
Wieder stieß er gegen meine Schulter, jetzt fester.
„Verdammt noch mal, schlag mich endlich!", rief er.
„Man darf nicht fluchen. Fluchen ist rückwärts beten."
„Wer sagt das?"
„Meine Mutter."
„Ach, halt doch den Mund und tu was ich dir sage: Schlag mich. So schwer kann das doch wohl nicht sein, du Schlappschwanz!"
Meine Verwunderung über seine merkwürdige Bitte schlug auf einmal in Wut um und schließlich tat ich, was er wollte. Ich schlug ihn mit der flachen Hand ins Gesicht. Der Abdruck meiner Hand zeichnete sich auf seiner Wange ab, als ob ich eine Unterschrift hinterlassen hätte.
„Jetzt sind wir Freunde."

Er zog sich sein Hemd an, knöpfte seinen Hosenschlitz auf und pisste über die glimmenden Reste unseres Feuerchens.

Da musste ich an einen Sommer vor vielen Jahren denken, als eine Gruppe älterer Jungen auf dem kleinen Acker hinter unserem Grundstück über einer Kuhle im Boden ein Gruselzelt gebaut hatten, ein stümperhaftes Gebilde aus Stöcken und alten Gardinen. Einer der Jungen stand vor dem Zelt und versuchte, uns Kleine hineinzulocken. Angetrieben von meiner Neugier überwand ich meine Angst und betrat das Zelt, wo mich zwei Jungen freundlich begrüßten.

„Hallo Kees", sagte der eine. Er hieß Hans, Hans van Dijk, und wohnte bei uns in der Straße, auf der gegenüberliegenden Seite, in dem Haus mit dem Taubenschlag auf dem Dach. Den anderen Jungen kannte ich nicht.

„Setz dich", sagte Hans. „Du gruselst dich doch hoffentlich gern?"

„Ja, schon", sagte ich zögernd.

Der unbekannte Junge grinste.

„Du trägst ja schon eine lange Hose, sehe ich", sagte er. „Nicht so eine lächerlich kurze Kinderhose. Sehr gut, Kees. Dann gehörst du schon ein bisschen zu den großen Jungs. Sag mal, Kees, hat deine Hose auch schon einen richtigen Hosenschlitz?"

Natürlich hatte meine Hose einen Hosenschlitz, aber dennoch schaute ich nach.

Ich nickte.

„Und lässt der sich auch öffnen?", fragte Hans. Ich sah von einem zum anderen. Was hatten sie vor?

„Selbstverständlich kann man den Hosenschlitz öffnen", sagte der unbekannte Junge, als ich nicht schnell genug antwortete. „Sonst müsste man sich ja immer die Hose runterziehen, wenn man pissen will. Die Frage ist also: Wie schnell kannst du den Hosenschlitz öffnen, Kees? Na?"

„Schnell genug", sagte ich.

„Prima“, sagte Hans. „Ganz ausgezeichnet. Denn was würde passieren, wenn man den Hosenschlitz nicht schnell genug aufknöpfen würde?“
„Dann pisst man sich in die Hose“, sagte der unbekannte Junge.
„Also, Kees, zeig uns doch mal, wie schnell du deinen Hosenschlitz aufknöpfen kannst. Dann können wir sehen, ob du wirklich schon ein richtig großer Junge bist.“
Zögernd fing ich an, die Hose aufzuknöpfen.
„Schneller, Kees“, spornten mich die Jungen an.
Ich machte weiter und als ich den letzten Knopf geöffnet hatte, holte Hans hinter seinem Rücken eine Kanne eiskaltes Wasser hervor und goss sie in einem Schwung auf meinen offenen Hosenschlitz.
Erschrocken wollte ich aufspringen, aber der unbekannte Junge hielt mich fest.
„Schade, Kees“, sagte er. „Du warst zu langsam. Jetzt hast du dir in die Hose gepisst. Leider bist du doch noch kein großer Junge. Lauf schnell nach Hause und zieh dir eine kurze Hose an.“

„Wie sieht’s aus? Hilfst du noch beim Löschen?“, fragte Jan.
Ich schaute mich um und als ich sah, dass niemand in der Nähe war, öffnete ich meine Hose. Aber es kam kein Tropfen.
„Ich muss nicht“, sagte ich.
Jan war fertig.
„Komm“, sagte er. „Wir gehen.“
Wir gingen über die Wit-Brücke, ein Stück am Wasser entlang, bis wir auf der Höhe der Straße waren, in der ich wohnte.
„Ich muss hier nach rechts“, sagte ich.
„Bis Sonntag“, sagte Jan.
„Mal sehen“, dachte ich.

6

Am Sonntag ging ich nirgendwohin, nicht zu *Ben Hur* und auch nicht zur Filmvorführung im Gemeinderaum. Ich war mit Bertje allein zu Hause, die anderen waren zum Hochamt um zehn Uhr in der Kirche.

Bertje spielte auf dem Teppich mit den Holzklötzen, mit denen ich auch schon als Kind gespielt hatte. Ab und zu gab ich ihm ein kleines Stückchen von meinem Butterbrot mit Apfelsirup und dann machte ich mit den Hausaufgaben weiter. Ich musste Deutschvokabeln lernen, *schwere Wörter* hießen die.

Auswendiglernen konnte ich recht gut, vor allem wenn's um Sprachen ging. Ich hätte auch aufs Gymnasium oder die Oberrealschule gehen können, aber meine Eltern fanden die Hauptschule gut genug. Mein Vater war Gärtnergehilfe und hatte mit dem Lernen nicht viel am Hut und schon gar nicht mit der Oberrealschule, die war was für solche, die die Nase hoch trugen. Zu denen gehörten wir nicht, sagte er, wir waren keine Hüte, wir waren Mützen, und die arbeiteten mit den Händen. Deshalb gingen die Jungen auf die Berufsfachschule und die Mädchen auf die Puddingakademie, wie mein Vater die Hauswirtschaftsschule gerne nannte.

Es hätte nicht viel gefehlt und ich wäre auch auf die Berufsfachschule gegangen, aber Herr Tieleman, der Rektor meiner Grundschule, hatte das verhindern können.

Eines Abends machte er bei uns einen Hausbesuch. Er wurde im Vorzimmer mit einer Tasse Tee und einem *Mariakaakje*-Plätzchen empfangen – die Schiebetüren zum Wohnzimmer, in dem wir saßen, wurden zugezogen.

„Glaub mir", hörte ich Tieleman sagen, „Kees ist ein Junge mit ordentlich was im Kopf. Der hat auf der Berufsfachschule nichts zu suchen. Und außerdem ist er mit zwei linken Händen auf die Welt gekommen."

Er hatte recht, ich war alles andere als praktisch veranlagt. Es gelang mir nicht mal, ein Brett gerade abzusägen, und jeden Nagel schlug ich krumm. Deswegen bot ich meinem Vater auch nicht mehr an zu helfen, wenn er im Schuppen hinterm Haus am Bauen war.
Das letzte Mal, als etwas gezimmert werden musste, war ich für meinen Vater, genau wie alle anderen Male, eine einzige große Enttäuschung gewesen. Die Kaninchen brauchten einen neuen Stall, mein Vater hatte die Türen gebaut und bat mich, den Maschendraht zu befestigen.
„Mit Nägeln?“
„Mit Krampen natürlich! Da liegen sie.“
Ich bekam die Krampen nicht ins Holz. Mein Vater konnte mein Herumwursteln nicht länger mitansehen und ohne ein Wort zu sagen, nahm er mir den Hammer aus der Hand und schlug eine Krampe nach der anderen mühelos ins Holz. Danach schnitt er mit der Zange den Maschendraht zurecht. Ich stand unbeholfen daneben und schaute ein bisschen dämlich zu, die Hände in den Hosentaschen.
„Willst du umziehen?“, fragte mein Vater.
Ich sagte, dass ich ihn nicht verstehen würde.
„Weil du deine Hände schon eingepackt hast.“
Ich zog die Hände aus den Hosentaschen und schaute sie an, als ob ich sie zum ersten Mal sehen würde.
„Entschuldige“, sagte ich.
„Macht nichts“, sagte mein Vater, aber an seinem mitleidigen Kopfschütteln sah ich, dass er von mir enttäuscht war. Ich war nicht der tolle Heimwerkersohn, den er sich erhofft hatte, als die Hebamme vor knapp sechzehn Jahren zu ihm gesagt hatte: „Herzlichen Glückwunsch, Sie sind der Vater eines gesunden holländischen Jungen!“
Zum Glück hatte er noch Rinus. Der war nur halb so alt wie ich, aber schon doppelt so geschickt.

Es kam so gut wie nie mehr vor, dass ich das Haus für mich allein hatte.
„Bleib du heute mal lieber zu Hause, Kees“, sagte Mutter, als es Zeit wurde, in die Kirche zu gehen. „Bei Bertje.“
Ich war krank. Schon seit einigen Tagen ging es mir nicht gut, um genau zu sein, seit dem Nachmittag, an dem wir die Lerchen beobachtet hatten und ich den Hecht gegessen hatte.
Nach dem Abendessen, das ich kaum angerührt hatte, war ich mit Rinus, der eine Stunde vor mir ins Bett musste, nach oben gegangen.
Ich hatte schon eine Weile geschlafen, als ich wach wurde, weil mir übel war. Ich musste an den Hecht denken und stellte mir vor, wie er sich in meinem Magen bewegte. Mir war, als ob ich fühlen konnte, wie er unruhig hin und her schwamm: Ich will hier raus, ich will hier raus.
Mir drehte sich der Magen um, ich wollte aufstehen, holte tief Luft, aber es war schon zu spät. Ich übergab mich auf mein Bett. Rinus war sofort wach und rief meine Mutter. Bertje schlief seelenruhig weiter.
„Zum Glück ist deine Decke sauber geblieben“, sagte Mutter, als sie das Bettlaken und den Kopfkissenbezug abzog. Ich stand in meiner Unterhose zitternd neben dem Bett, außerstande, etwas zu tun. Ich musste aufstoßen und setzte mich ans Fußende von Rinus’ Bett. Wegen des Gestanks kniff sich mein Bruder die Nase zu und würgte vor Ekel, weswegen ihn meine Mutter aus dem Zimmer schickte.
„Leg dich zu Papa ins große Bett, Rinus“, sagte sie, „bis hier alles aufgeräumt ist.“
Unglaublich, dass ihr nicht schlecht wurde, wo sie doch auch noch schwanger war.

Den Rest der Woche musste ich nicht zur Schule gehen, und das Fußballtraining am Samstag hatte ich auch abgesagt. Wegen meiner gebrochenen Nase musste ich die nächsten Spiele sowieso sausen lassen.

„Du hast bestimmt eine Gehirnerschütterung", sagte meine Mutter. Sie war davon überzeugt, dass meine Übelkeit mit der gebrochenen Nase und dem blauen Auge, das inzwischen grün und gelb war, zu tun hatte, beides durch einen Sturz mit dem Fahrrad verursacht, wie ich ihr weisgemacht hatte.

„Und dein Rad ist noch heil!", hatte sie gerufen.

„Unglaublich", hatte ich gesagt.

Den wirklichen Grund hatte ich ihr verschwiegen. Ich hätte ihr ja wohl kaum erzählen können, dass mir ein Junge eine verpasst hatte, weil er sich mit mir anfreunden wollte.

Ich habe dir eine reingehauen, weil es möglich war, hatte Jan gesagt. Und nachdem ich ihn auch geschlagen hatte, hatte er gesagt: Jetzt sind wir Freunde.

Wollte ich das eigentlich, sein Freund sein?

7

Ich hatte überhaupt nicht mehr an Jan gedacht, hatte ihn schon fast vergessen, da hörte ich, wie er meinen Namen rief.
„Kees! Kees!“
Ich sah zum Spielfeldrand, er stand an der Seitenlinie des Fußballfeldes und stützte die Arme auf die Absperrung. Wir hatten ein Heimspiel und ich durfte zum ersten Mal wieder mitspielen, nachdem ich auf Anraten des Hausarztes vier Spiele ausgesetzt hatte.
„Beim Köpfeln solltest du aber noch vorsichtig sein“, hatte er gesagt.
Das war sowieso nicht meine Stärke, überhaupt war ich keine Leuchte beim Fußball, aber ich war schnell und spielte mit Links – vor allem Letzteres sorgte dafür, dass ich in der B1-Mannschaft aufgestellt wurde.
Ich hob meine Hand, Jan grüßte zurück. Nach dem Spiel ging ich zu ihm hin. Ich rechnete damit, dass er ... Ja, womit rechnete ich eigentlich? Dass er sauer wäre, weil ich am Sonntag nicht bei ihm vorbeigekommen war, um zusammen zum Film zu gehen? Richtig verabredet waren wir nicht gewesen. Er hatte einfach „bis Sonntag“ gesagt und ich hatte nichts erwidert, kein Ja aber auch kein Nein. Darin war und bin ich immer noch gut: Dinge in der Schwebe zu lassen.
„Hallo“, sagte ich. „Wie war *Ben Hur*?“
„Du hast was verpasst. Hast du dich nicht getraut zu kommen?“
„Meinst du wegen meiner Eltern?“
„Nein, wegen Marijke. Magst du sie?“
„Ich war krank“, sagte ich. „Wie fandest du das Spiel?“
„Ich habe nur die letzte halbe Stunde gesehen. Du fällst verkehrt. Soll ich es dir beibringen?“
„Was?“
„Fallen“, sagte Jan. „Die Technik des Fallens.“

8

Wir hatten uns bei Jan zu Hause verabredet. „Du musst an der Tür neben dem Laden klingeln. *Photographie Noordermeer.*“
„Ist das euer Geschäft?“
„Zuerst gehörte es meinem Opa, jetzt meinem Vater und später soll ich es übernehmen“, sagte Jan. „Das jedenfalls wünscht sich mein Vater.“
Photographie Noordermeer kannte ich, das war bei uns im Dorf, in der Einkaufsstraße zwischen Kirche und Mühle. Ich war sogar schon mal drinnen gewesen, um Fotos für meinen Mitgliedsausweis beim Fußballverein machen zu lassen.
Ich war ein bisschen zu früh. Ich schloss mein Fahrrad ab und sah mir das Schaufenster an. Dort standen ein paar Fotoapparate und hingen einige eingerahmte Fotografien: ein Brautpaar, ein Baby im Taufkleidchen, ein Junge im Matrosenanzug bei seiner Kommunion.
So einen Anzug hätte ich auch gerne bei meiner Erstkommunion getragen, damals, als ich sieben Jahre alt war. Doch so sehr ich auch gebettelt hatte, ich hatte ihn nicht bekommen und musste mich mit einem braunen Anzug zufriedengeben, der aus einem Jackett und einer kurzen Hose bestand und einem meiner Cousins gehört hatte, dem er nicht mehr passte. Aber immerhin waren das Oberhemd und die Krawatte neu gewesen; mein Vater hatte mir beigebracht, wie ich die Krawatte binden musste.
Ich erinnere mich noch, dass ich den ganzen Tag an der Krawatte herumgezogen hatte. So ein Ding um den Hals fühlte sich gar nicht gut an. Aber als meine Mutter sagte, ich könne sie ruhig abnehmen, wenn sie mich stören würde, sagte ich, ich würde bloß Oliver Hardy nachmachen.
„Der zieht auch die ganze Zeit an seiner Krawatte herum.“
„Oliver Hardy?“, fragte meine Mutter.
„Der Dicke“, sagte ich. „Von *Dick und Doof.*“

Das Schaufenster ging auf der Seite des Hauses noch weiter. Dort hingen einige Porträtaufnahmen und da sah ich sie.
„Marijke?“
Ich sagte es mit einem Fragezeichen, als ob ich daran zweifeln würde, dass dort im Schaufenster wirklich eine Porträtaufnahme von ihr hing. Ich sah mir das Bild genauer an und bemerkte, dass sie das gleiche Blumenkleid wie damals auf der Wit-Brücke trug.
„Marijke ...“, sagte ich noch einmal.

9

Jans Mutter öffnete die Haustür. Sie sah Marijke ähnlich, na ja, andersherum natürlich: Marijke ähnelte ihrer Mutter. Sie hatten beide dieses Funkeln in den Augen.
„Guten Tag, Frau Noordermeer. Ich bin mit Jan verabredet.“
Sie gab mir die Hand.
„Kees“, sagte ich. „Kees van Duin.“
„Hallo Kees. Jan ist oben in seinem Zimmer, wenn du die Treppe hinaufgehst, gleich links.“
Oben gingen vom Flur drei Türen ab. Die Tür von Jans Zimmer stand ein Stück offen. Ich klopfte an und ging hinein. Im Zimmer war niemand.
Ich blieb in der Mitte des Zimmers stehen und sah mich um. Dort standen ein Bett, ein Kleiderschrank und ein Schreibtisch, darüber ein Regalbrett, auf dem Bücher standen: Ein Atlas, ein Buch mit Bibelgeschichten, eine Enzyklopädie der griechischen Mythologie und ein Stapel *Illustrated Classics*. Ich hätte gerne eines der Hefte durchgeblättert, aber ich traute mich nicht, irgendetwas anzufassen.
Die Wände waren kahl, bis auf das Bild eines Riesen, der einen Menschen aß. Ich beugte mich vor, ein Knie aufs Bett, um mir das Bild genauer anzusehen.
Es war die Mittelseite einer Zeitschrift, die mit Reißzwecken an der Wand befestigt war, und auf der ein fotografiertes Gemälde zu sehen war.
Ich ging zurück zur Tür und schaute rechts und links in den Flur. Wo steckte Jan denn nur? Ob er auf dem Klo saß oder im Zimmer nebenan war? Das war dann vermutlich Marijkes Zimmer.
Ich klopfte an die Tür, niemand öffnete. Ich drückte die Türklinke herunter, öffnete die Tür einen Spaltbreit und schaute um die Ecke. Marijke stand vor einem Spiegel und schminkte

sich die Lippen mit einem Lippenstift. Sie schien mich nicht bemerkt zu haben. Ich sagte nichts, ich konnte nichts sagen, ich konnte nur zusehen – zusehen, wie sie sich die Lippen schminkte.
„Kommst du wegen mir?“, fragte sie auf einmal, ohne den Blick vom Spiegel abzuwenden.
Ich erschrak.
„Ich suche Jan“, sagte ich.
Sie drehte sich zu mir um und spitzte die Lippen.
„Schön?“, fragte sie.
„Schön“, sagte ich.
Sie lächelte. „Jan ist in seinem Zimmer“, sagte sie. Sie kam zu mir und drückte mich sanft zurück in den Flur.
Ich ging wieder in Jans Zimmer, und da saß er – am Schreibtisch, in einem Buch blätternd.
„Kees!“, sagte er.
Ich war zu überrascht, um zu antworten. Jan lachte.
„Ich war hier“, sagte er. „Ich saß im Kleiderschrank, da sitze ich öfter.“
„Oh“, sagte ich.
„Findest du das merkwürdig?“
Ich zuckte mit den Schultern.
„Es ist merkwürdig“, sagte Jan, „jedenfalls würde es mir merkwürdig vorkommen, wenn DU es tun würdest. Ich habe dich vom Schrank aus beobachtet, durch den Türspalt. Du hast dir das Bild angesehen. Gefällt es dir?“
„Es ist grausam“, sagte ich.
„Das ist Kronos, der sein eigenes Kind aufisst.“
„Sag ich doch: grausam. Wer isst denn seine eigenen Kinder auf?“
„Fressen oder gefressen werden – es ist eines von beiden.“
Jan zündete sich eine Zigarette an.
„Setz dich“, sagte er.

Weil es im Zimmer keinen zweiten Stuhl gab, setzte ich mich auf den Rand seines Bettes. An der Stelle, an der bei Jan das Bild von Kronos hing, hing bei mir ein Weihwasserschälchen aus Porzellan, ein Geschenk meiner Patentante zur Erstkommunion. Abends, vor dem Schlafengehen, tauchte ich die Fingerspitzen der rechten Hand ins Schälchen und bekreuzigte mich. Als ich noch in die Grundschule ging, hatte ich zusätzlich noch jeden Abend ein Ave-Maria oder ein eigenes Abendgebet gesprochen, aber das machte ich jetzt nur noch ab und zu. So wie vor ein paar Wochen, als ich wegen eines heftigen Gewitters wach geworden war.

Es ist lächerlich, ich weiß, aber ich fürchte mich bei Gewittern. Genau wie meine Mutter. Wenn es gewittert, dann dürfen wir nicht in der Nähe der Fenster stehen, und sie legt das Brotmesser unters große Schneidebrett.

Mein Vater hielt das alles für Unsinn. Das Haus sei vom Priester persönlich gesegnet worden, sagte er zu meiner Mutter, wenn sie mal wieder die Messer und Scheren schnell in Schränke und Schubladen gelegt hatte. Und außerdem gebe es ausreichend Blitzableiter in der näheren Umgebung.

Einer, so wusste ich, war beim Wetterhahn auf der Kirchturmspitze und einer, etwas näher, auf dem Schornstein der Gärtnerei von Piet van Vliet. Aber alle Blitzableiter zusammen hatten nicht den Tod von Kupferschnauzer verhindern können.

Kupferschnauzer war der Spitzname von Herrn Alsemgeest gewesen, einem alten Mann, der am Anfang der Straße gewohnt hatte. Er hatte einen langen roten Schnurrbart, daher sein Spitzname.

Alsemgeest war ein strenggläubiger Calvinist und kam manchmal zu Piet van Vliet in die Gärtnerei, um ein Schwätzchen zu halten und eine Tasse Kaffee einzuheimsen.

Piet liebte es, Alsemgeest wegen seines strengen Glaubens zu piesacken. Wenn es draußen stürmte oder wie aus Eimern

schüttete und Alsemgeest in die Gärtnerei kam, um sich unterzustellen, dann sagte Piet immer: „Was für ein Mistwetter, findest du nicht auch, Alsemgeest?“, denn er wusste, dass Alsemgeest dann mit vor Empörung hochrotem Gesicht sagen würde: „Das darf man nicht sagen! Gott macht nichts Schlechtes.“
Vor ein paar Monaten wurde Kupferschnauzer vom Blitz getroffen, als er mit dem Rad auf dem Weg zur Kirche war. Er war auf der Stelle tot.
„Tja, wen wundert's“, hatte Piet van Vliet gesagt, „Kupfer ist ein guter Leiter.“

„Marijke hängt im Schaufenster“, sagte ich. „Schönes Foto.“
„Marijke ist auch schön“, sagte er. „Ich habe eine hübsche Schwester, findest du nicht auch?“
„Ja“, sagte ich. „Sollen wir jetzt anfangen?“
„Womit?“
„Mit dem Fallen. Ich würde falsch fallen, hast du gesagt. Und du wolltest mir beibringen, wie es richtig geht.“
Jan drückte die Zigarette aus. „Ich weiß eigentlich nicht, ob man das lernen kann“, sagte er. „Fallen ist eine Kunst.“

10

Jan bestand darauf, dass ich zum Essen blieb. Ich versuchte mich zu drücken, indem ich zu bedenken gab, dass ich zu Hause erwartet würde und auch noch Hausaufgaben machen müsste, aber er gab nicht nach. So kam es, dass ich wenig später neben Jan am Tisch saß. Marijke saß mir gegenüber und Jans Mutter am dichtesten bei der Küchentür. Opa Vesuvius aß nicht mit uns, er aß alleine auf seinem Zimmer. Das war die Bedingung von Jans Vater gewesen, anders hätte er nicht erlaubt, dass Opa Vesuvius bei ihnen einzog: „Er ist ein guter Mensch und wir lassen ihn nicht im Stich, aber deswegen muss ich noch lange nicht mitansehen, wie er isst. Er sabbert wie ein kleines Kind."

Bevor wir uns an den Tisch setzten, hatten Jan und ich ihm sein Essen gebracht.

„Dann kannst du ihn gleich kennenlernen. Nicht erschrecken, falls er zu fluchen anfängt."

Opa Vesuvius saß in seinem Rauchersessel neben dem Bett. Er sah aus wie ein großer Luftballon, den man angezogen hatte: Über seinem mächtigen Kugelbauch trug er eine graue Stretchhose aus Terlenka, die er bis zur Brust hochgezogen hatte. Einer der Hosenträger hatte sich geöffnet und hing schlaff über der Brust. Jan machte ihn wieder am Hosenbund fest und sagte: „Opa, das ist Kees."

Ich streckte ihm meine Hand entgegen, er nahm sie und drückte für sein Alter erstaunlich kräftig zu, ohne wieder loszulassen.

„Scheiß, Scheiß, Scheißkerl", rief er.

„Lass ihn los, Opa! Sonst nehme ich dir die Zigarre weg."

Erst als Jan ihm einen Klaps gegen die Wange gab, ließ er meine Hand los. Jan legte die Zigarre zurück in den Aschenbecher, der in die Armlehne des Rauchersessels eingebaut war. Mit vereinten Kräften zogen wir Opa Vesuvius auf die Beine und

führten ihn mit kleinen Schritten zum Tisch, auf den wir das Essen gestellt hatten: Kartoffeln mit Gemüse, von Jans Mutter sorgfältig zu einem Brei zerdrückt.
Jan band ihm einen Schlabberlatz um.
„Guten Appetit, Opa."
„Scheißkerl!"

Jans Mutter hatte jedem das Essen aufgetan, Bratkartoffeln mit Bohnen, weißen und grünen.
„*Blote kontjes in het gras* – nackte Popos im Gras", sagte Jans Vater.
Jan seufzte. „Papa, sei doch nicht so kindisch", sagte er.
„Schmeckt es dir Koos?"
„Kees", sagte Marijke. „Er heißt Kees."
„Meinetwegen", sagte Jans Vater. „Ein Stück Fleisch, Kees?"
Ich hielt die Hand über meinen Teller.
„Nein, danke, Herr Noordermeer."
„Isst du kein Fleisch?"
„Heute ist Freitag. Freitags dürfen wir kein Fleisch essen."
„Oh, du bist römisch-katholisch! Na komm schon, ein kleines Stückchen ist bestimmt nicht so schlimm. Und du kannst es gut gebrauchen. Du hast ja wirklich nichts auf den Rippen."
Zögernd zog ich die Hand weg. Ich würde es später beichten können.
„Eine gute Entscheidung, Kees. Der Glaube ist eine gute Sache, solange er einem nicht im Wege steht."
Jan erzählte mir später, dass sein Vater nicht gläubig war. Seine Mutter war katholisch, genau wie wir. Sie ging jeden Sonntag zur Kirche; zuerst alleine, später mit den Kindern. Vor der Hochzeit hatten seine Eltern es so vereinbart: Die Kinder sollten katholisch erzogen werden. Sie wurden getauft, gingen in eine katholische Schule, bekamen die Erstkommunion und später die Firmung.
„Aber freitags dürft ihr Fleisch essen?"

„Wie mein Vater schon gesagt hat“, antwortete Jan, „ist der Glaube eine gute Sache, solange er einem nicht im Weg steht.“
Da waren meine Eltern ganz anders. Der Glaube ging vor, fanden sie. Dass ich letzten Sonntag nicht zur Messe gemusst hatte, war eine große Ausnahme gewesen.
„Sollen wir einen Moment innehalten?“, fragte Jans Mutter. Sie bekreuzigte sich und schloss die Augen. Jan und Marijke folgten ihrem Beispiel. Ich bekreuzigte mich ebenfalls schnell und betete im Stillen ein Vaterunser. Weiter als *Dein Reich komme, Dein Wille geschehe* kam ich nicht. Weil ich nervös war, verhaspelte ich mich und musste sofort an Rinus denken, der neulich *Unser tägliches Brot gib uns heute* verbogen hatte zu *Unser kärgliches Brot gib uns heute.* Ich fing wieder von vorne an, aber da beendete Jans Mutter das stille Gebet mit einem lauten „Amen“, gefolgt von einem „Guten Appetit“.
Wir aßen mit Messer und Gabel, und weil ich nicht genau wusste, wie das ging – zu Hause aßen wir nämlich immer mit Gabel und Löffel –, schielte ich zu Jan und Marijke hinüber und machte es ihnen nach. Es ging mehr schlecht als recht. Ich bekam das Essen nicht gut auf die Gabel geschoben und wenn es endlich gelungen war, fiel die Hälfte auf dem Weg zum Mund wieder herunter. Zu Hause zerdrückte ich erst das Essen, bevor ich es auf die Gabel lud, dann war es entschieden leichter.
Dass ich Marijke gegenübersaß, machte die Sache nicht gerade einfacher. Immer wieder wurde mein Blick magisch von ihren rot geschminkten Lippen angezogen, zwischen denen ab und zu ihre Zungenspitze erschien, um einen kleinen Kartoffelkrümel abzulecken.
„Es ist nichts mehr zu sehen“, sagte Marijke, die mich schon eine Weile musterte.
„An deinem Auge“, sagte sie. „Und an deiner Nase auch nicht.“
„Hattest du etwas am Auge?“, fragte Jans Mutter.
„Ich hatte ein blaues Auge“, sagte ich.

„Hab ich ihm verpasst", sagte Jan.
„Mit sowas macht man keine Witze", sagte Jans Mutter.
„Dann glaubst du's eben nicht."
Jans Mutter ignorierte ihn und fragte: „Bist du gefallen, Kees?" Auch ihre Stimme ähnelte der von Marijke. Als ob sie die Worte nicht gesprochen, sondern gesungen hätte.
„So ähnlich."
„Kees spielt Fußball", sagte Jan. „Aber er kann nicht fallen. Ich habe heute Nachmittag versucht, es ihm beizubringen, aber das hat nicht geklappt. Jetzt werden wir boxen."
Boxen? Ich wusste von nichts.
Jan schob den Teller von sich weg; es lag noch Essen darauf.
„Fertig", sagte er.
Jans Vater war ebenfalls fertig und wollte sich eine Zigarette anzünden.
„Es gibt noch Nachtisch", sagte Jans Mutter. „Vanille-Vla. Und Kees isst noch."
Ich hatte ein zu großes Fleischstück in den Mund gesteckt und konnte es nur mit Mühe kauen. Endlich gelang es mir, das Fleisch, das sich in meinem Mund zu einer Kugel geformt hatte, zu schlucken. Ich konnte spüren, wie es die Speiseröhre hinunter in den Magen wanderte.
Ich legte Messer und Gabel auf den Teller, Marijke räumte ab.
„Möchte jeder Vla?", fragte sie.
Nur Jans Vater, der den missbilligenden Blick seiner Frau ignorierte und sich eine Zigarette anzündete, wollte nicht.
Plötzlich sagte Jan: „Nächstes Jahr will ich in eine andere Schule gehen."
„Oh", sagte Jans Mutter überrascht.
„Ich will in Kees' Schule, in die Hauptschule."
Ich sah Jan überrascht an. Auch hiervon wusste ich nichts. Wir hatten heute Nachmittag über alles Mögliche gequatscht, aber nicht über Schule.

„Und warum?“, wollte Jans Vater wissen.
„In der Hauptschule kann man ein *Middenstandsdiploma* machen“, sagte Jan. „Das brauche ich, falls ich später das Geschäft übernehmen soll.“
Jans Vater sprang vom Stuhl auf.
„Falls, habe ich gesagt“, fügte Jan hinzu.
„Darüber sprechen wir ein andermal“, sagte Jans Mutter. „Kees, darf ich dir noch den kleinen Rest aus der Vla-Flasche anbieten?“
Sie zog aus der Tischschublade einen langstieligen Plastikschaber hervor und steckte ihn in die Flasche, auf deren Boden sich noch eine kleine Portion Vanille-Vla befand.
„Ein *Flaschenschlecker*“, sagte Marijke, die sofort begriff, dass ich so ein Ding noch nie gesehen hatte. „Soll ich dir zeigen, wie's geht?“
Sie stellte sich hinter mich, streckte die Arme rechts und links von mir aus und ergriff meine Hand, die den *Flaschenschlecker* festhielt. Von ihrer Hand geführt, zog ich den *Flaschenschlecker* an der Innenseite der Flaschenwand hinauf.
„Praktisch, nicht wahr?“, sagte sie. Ich spürte ihren warmen Atem im Nacken, ihren weichen Körper leicht gegen meinen Rücken gedrückt und hörte in Gedanken Jan sagen: *Ich habe eine schöne Schwester.*
Ich befreite mich aus ihren Armen und sagte: „Danke, jetzt weiß ich, wie's geht.“

11

Wir saßen in Jans Zimmer – im Kleiderschrank. Die Beine angewinkelt, die Knie gegen die Brust gedrückt und unsere Füße gegeneinandergestellt; wir passten mit knapper Not hinein. Wir sprachen über Freiheit, ob wirkliche Freiheit möglich sei und was das eigentlich ist: Freiheit.

Die Tür ging nicht richtig zu, durch einen Spalt fiel etwas Licht herein, und so konnte ich Jans Gesicht im Dämmerlicht sehen.

Vor einer Weile hatte ich mich noch gefragt, ob ich eigentlich sein Freund sein wollte, als ob ich eine Wahl gehabt hätte. Die gab es nicht.

Selbst wenn ich es nicht gewollt hätte, er spukte mir im Kopf herum, das war eigentlich von Anfang an so gewesen, seit unserer ersten Begegnung. Deswegen war jeder Widerstand zwecklos und ich öffnete mich ihm gegenüber besser gleich – hieß Jan sozusagen willkommen in meiner Welt: hereinspaziert, hereinspaziert. Setz dich doch, dort ist ein Stuhl.

Jan und ich, wir waren dazu verurteilt, Freunde zu sein. Das war mir jetzt klar. Punkt, aus.

Und dann gab es da noch Marijke. Marijke mit den feuerroten Lippen und dem Funkeln in den Augen. Auch sie spukte mir im Kopf herum. Aber Marijke war etwas anderes, sie war ein Mädchen. Mich ihr gegenüber zu öffnen, traute ich mich nicht – nur nachts, wenn ich allein im Bett lag, heimlich, wenn ich mit Sicherheit wusste, dass meine Brüder schliefen. Dann betete ich flüsternd: *Gegrüßet seist du, Marijke, mein kleiner Herr ist mit dir.*

Jedes Mal, wenn ich in mein Taschentuch gekommen war, hasste ich mich dafür und bat Marijke um Vergebung. Als eine Art selbstauferlegte Buße betete ich dann, die Unterhose noch um die Knöchel, ein Reuebekenntnis: *Ich bereue, dass ich gesün-*

digt und das Gute vernachlässigt habe. Durch meine Sünde habe ich euch beleidigt, obwohl ihr mir das Höchste seid und nichts als Liebe verdient.
Ein einziges Mal hätte ich fast meinem Beichtvater Kaplan Van Geelen die nächtliche Sünde gestanden, aber im letzten Moment hatte ich es dann doch nicht getan. Mein Schamgefühl war größer als der kleine Beichtstuhl und passte da nicht hinein.

Jan und ich sahen uns jetzt beinah täglich. Immer bei Jan und nie bei mir. Ich hatte kein eigenes Zimmer und meine Familie war mir peinlich: all die Brüder und Schwestern und sogar noch ein Geschwisterchen unterwegs.
Jan war der, der redete, und ich hörte zu. Wir rauchten Zigaretten, hörten Radio, machten Hausaufgaben oder redeten, so wie jetzt: im Kleiderschrank und über Freiheit.
Ich sollte als Erster sagen, was ich unter Freiheit verstand. Eigentlich wollte ich Frieden und Meinungsfreiheit sagen, aber ich spürte, dass Jan mehr von mir erwartete. Deshalb erzählte ich ihm eine Geschichte, die ich vor Kurzem gelesen hatte.
Sie handelte von einem Vater, der sein Kind schlug und immer wieder im dunklen Keller seines Hauses einsperrte. Wenn er fand, dass sein Sohn lange genug dort unten gesessen hatte, ließ er ihn frei und genoss die Angst in den Augen des Kindes. Der Junge suchte lange Zeit nach einer Möglichkeit, wie er den Vater aushebeln könnte, und endlich hatte er eine Idee. Er weigerte sich, den Keller zu verlassen. Der Vater konnte bitten und betteln, wie er wollte, der Junge kam nicht mehr heraus.
„Gute Geschichte“, sagte Jan.
„Und du?“, fragte ich. „Was ist Freiheit für dich?“
„Freiheit ...“, sagte Jan. „Freiheit ist nackt über eine Wiese rennen.“
Er drückte mit dem Fuß die Schranktür auf.
„Und dann scheißen, wohin man will“, fügte er noch hinzu.

12

Es fing mit einer unschuldigen Klemme an. Sie lag im Badezimmer beim Spiegel. Ich war bei Jan zu Besuch und musste aufs Klo. Als ich die Spülung betätigt hatte und die Hände im Waschbecken wusch, sah ich sie liegen: eine silberfarbene Haarklemme, verziert mit einer weißen Blume mit gelbem Herzen, einem Edelweiß.
Ich nahm sie in die Hand, drehte sie im Kreis, roch daran. Ich hatte gehofft, Marijke zu riechen, aber ich roch nichts. Ich wollte die Haarklemme, an der ein Haar hing – ein Haar von Marijke! –, zurücklegen, aber ehe ich michs versah, hatte ich sie in die Hosentasche gesteckt.
Das war der Anfang meiner Marijke-Sammlung, die nach ein paar Wochen aus einem Glasknopf, einem Lippenstift, einem Einkaufszettel in ihrer Handschrift, einem Bleistiftstummel dessen Ende angekaut war – von Marijke angekaut war! –, einem Kettchen, einem Schnürsenkel und einer Unterhose bestand.
Die Unterhose, eine weiße Baumwollunterhose, hatte ich vom Wäscheständer, der über der Dachbodentreppe hing, heruntergezogen. Sie hatte neben einem ebenfalls weißen BH gehangen. Zuerst wollte ich den auch noch mitnehmen, aber dann begnügte ich mich mit der Unterhose, die ich unter meinen Pullover bis zu meinem Herzen schob, das so wild schlug, dass ich befürchtete, es würde mir aus der Brust springen.
Jedes Mal, wenn ich etwas von Marijke mit nach Hause genommen hatte, egal, wie klein, fühlte ich mich schuldig. Was ich tat, war verboten und es war auch nicht normal, ich wusste es, aber ich war meiner krankhaften Neigung ausgeliefert, etwas von ihr an mich zu nehmen.
Ich bewahrte meine natürlich streng geheime Sammlung in einer leeren Zigarrenkiste meines Vaters auf. Unter der Woche

rauchte er Selbstgedrehte, aber sonntags, nach dem Kirchgang, gönnte er sich eine *Hofnar*-Zigarre.

Hin und wieder schaute ich in die Kiste und ließ die Haarklemme, den Knopf, das Kettchen und all die anderen eingesammelten Marijke-Dinge durch meine Finger gleiten, danach legte ich alles wieder zurück in die Kiste.

Einmal zog ich die Unterhose an, nachts im Bett. Ich muss dabei so laut gestöhnt und geatmet haben, dass Rinus im Bett unter mir wach wurde und besorgt fragte, ob alles in Ordnung sei.

„Es ist nichts“, sagte ich. „Schlaf weiter.“

Ich wartete, bis ich sicher war, dass Rinus tief und fest eingeschlafen war, zog dann die Unterhose aus, legte sie zurück in die Zigarrenkiste und murmelte mein Reuebekenntnis.

13

Ich radelte über die Brücke zur Gärtnerei von Piet van Vliet. Es war Samstag, Zahltag. Zum Glück war Piet da, sein Auto, ein silberfarbener Opel, stand neben der Scheune.

„Wartest du hier auf mich?“, fragte ich Jan, der mitgefahren war. „Es dauert nicht lange.“

Es war schönes Wetter und wir wollten zusammen an den Strand fahren. Ich hatte heute kein Training, die Fußballsaison war beinahe zu Ende und wir hatten nur noch ein Spiel.

Die Gärtnerei war weder groß noch klein. Unten, bei der Brücke, stand ein typisches Gärtnereiwohnhaus, das aber schon seit Jahren unbewohnt war und langsam verfiel. Wasser und Strom waren abgeschaltet, man konnte also nicht mal mehr aufs Klo gehen. Ziemlich blöd, denn wenn man kacken musste, und das musste ich frühmorgens oft, wenn ich beim Tomatenpflücken war, dann musste man das auf ein Stück Zeitungspapier, irgendwo zwischen den Tomatensträuchern hinter den Gewächshäusern.

Deshalb war ich immer erleichtert, wenn ich noch zu Hause gehen konnte. Ich fand es unangenehm, mich mit dem viel zu glatten Zeitungspapier abputzen zu müssen und danach den warmen Haufen mit Sand und Steinen zu beschweren, um ihn dann im Wassergraben zu versenken. Futter für die Fische – guten Appetit!

Immer hatte ich Angst, dass mich Piet van Vliet genau in dem Moment sehen würde, in dem ich mit heruntergelassener Hose eine Wurst kackte. Oder noch schlimmer, dass ich auf der Suche nach einem geeigneten Scheißörtchen IHN beim Kacken sehen würde oder Gunther-holt-sich-einen-runter, Van Vliets einzigen Gehilfen. Diesen Spitznamen hatte sich Gunther selbst gegeben, und als ich zum ersten Mal zum Tomatenpflücken gekommen war, bekam ich ihn auch gleich zu hören.

„Kees“, stellte ich mich vor.
„Du siehst aus wie dein Vater.“
„Und du bist Gunther?“
„Gunther-holt-sich-einen-runter.“
Piet van Vliet wohnte noch bei seiner Mutter, aber nach ihrem Tod würde er das leerstehende Haus renovieren und dort einziehen. Das könnte aber noch ein Weilchen dauern, und wenn es nach seiner Mutter ginge, würde sie dem Tod ewig trotzen. „Ich habe die Weltwirtschaftskrise überlebt, die Spanische Grippe, dreizehn Kinder und zwei Weltkriege. Ich sterbe nicht. Nicht von selbst. Mich müssen sie schon totschlagen, eher gehe ich nicht.“
So wie Van Vliet über sie sprach, würde es mich tatsächlich nicht wundern, wenn er eines Tages ein Holzscheit nähme und dem *Weibsbild,* wie er seine Mutter immer nannte, den Schädel einschlug.
Die Gärtnerei hatte drei Gewächshäuser, ein altes aus Holz, das schon vor dem Krieg gebaut worden war, genau wie das Kesselhaus und der Schornstein, und zwei neuere, höhere Gewächshäuser.
Jedes Jahr am Ende der Pflücksaison sagte Van Vliet, er würde in Zukunft auch Gurken züchten, damit verdiene man viel besser, aber wenn es dann wieder soweit war, bleib er doch bei Tomaten.
Im Winter wuchs in den Gewächshäusern Salat, und mein Vater half ihm seit Ewigkeiten beim Salatschneiden, das wurde immer nachts gemacht. So bin ich auch zu der Arbeit als Tomatenpflücker gekommen.
Ich verdiente nicht viel, einen Gulden pro Stunde, viel weniger, als in anderen Gärtnereien, aber ich gab mich damit zufrieden. Weil ich außer Gunther-holt-sich-einen-runter der einzige Pflücker war, kamen genügend Stunden zusammen, sodass es sich für mich lohnte.

Ich fand Piet van Vliet im Kesselhaus.
„Tach, Piet“, sagte ich.
Er tat, als ob er mich nicht gehört hätte und machte weiter, womit er gerade beschäftigt war. Ich kramte den Zettel hervor, auf dem ich aufgeschrieben hatte, an welchen Tagen und wie viele Stunden ich gepflückt hatte. Neunzehn Gulden fünfzig bekam ich von ihm, zwölf Gulden fürs Pflücken und sieben Gulden fünfzig fürs Holzkisten einschlagen. Zur Sicherheit hatte ich zwei Fünfundzwanzig-Cent-Münzen eingesteckt, sodass ich auf zwanzig Gulden herausgeben konnte.
Die zwanzig Gulden steckten momentan noch in seiner Geldbörse, wie er sein Portemonnaie nannte. Ich fragte mich, wie lange es wohl diesmal dauern würde, bis das Geld von seiner in meine Hosentasche wandern würde.
„Tach, Piet“, sagte ich noch einmal.
Endlich sah er auf.
„Kees.“
Ich gab ihm meinen Stundenzettel. Van Vliet setzte seine Lesebrille auf. Die Gläser waren immer fettig, als ob sie aus Milchglas wären.
„Neunzehn Gulden fünfzig“, sagte er. „Das is’ ’ne Menge Geld.“
Er ging an mir vorbei, verließ das Kesselhaus, und ich folgte ihm in die Scheune. Bei der Sortiermaschine setzte er sich auf eine der Auktionskisten und sah sich erneut meine Abrechnung an.
„Siebenhundertfünfzig Kisten“, sagte er. „Waren es wirklich so viele?“
„Vierhundert am Dienstag und gestern noch mal dreihundertfünfzig“, sagte ich.
Durchs Fenster konnte ich Jan sehen, der auf der Brücke wartete. Er hatte sich auf den Gepäckträger seines Fahrrads gesetzt, hielt die Hand als Sonnenschutz an die Stirn und sah in den Himmel. Ob er eine Lerche entdeckt hatte?
Endlich brachte Van Vliet sein dickes Portemonnaie zum Vor-

schein, aus dem die Geldscheine nur so herausquollen – trotzdem gab es jedes Mal solch ein Theater wegen meines Lohns! Gunther-holt-sich-einen-runter konnte Piets Geiz genauso wenig ausstehen wie ich: „Wenn Bonifatius *A Christmas Carol* aufführen wollte, und Piet würde sich für die Rolle von Scrooge bewerben, dann hätte der keine Chance. So geizig wie Piet ist noch nicht mal der Scrooge."

Bonifatius war die Theatergruppe in unserem Dorf. Einmal im Jahr führte sie ein Stück im Gemeindesaal auf. Meistens spielten sie eine Komödie, bei der ständig Türen knallten und der Regisseur immer unweigerlich die Hauptrolle an sich riss, weil er als Souffleur mit viel zu lauter Stimme den Text vorlas, den die Schauspieler hätten sagen sollen – egal, ob sie ihren Text konnten oder nicht.

Bei der letzten Aufführung gab es eine Szene mit einem Bankräuber, der mit gezogener Pistole die Kasse forderte.

„Ich zähle bis drei", sagte der Räuber, woraufhin der Souffleur, der befürchtete, der Schauspieler könnte den Text vergessen haben, mit lauter Stimme rief: „Eins ..." Es dauerte sicher fünf Minuten, bevor sich das Gelächter im Saal soweit gelegt hatte, dass weitergespielt werden konnte.

Piet van Vliet bezahlte mich, genau wie ich erwartet hatte, in großen Scheinen: einem Zehner und vier von Zweifünfzig. Ich steckte die Scheine in meine Hosentasche und gab ihm zwei Fünfundzwanzig-Cent-Münzen zurück.

„Bis Montag", sagte ich.

„Ab nächster Woche fangen wir eine halbe Stunde früher mit dem Pflücken an", sagte er. „Um fünf."

Ich ging aus der Scheune, stieg aufs Rad und fuhr auf die Brücke.

„Bussarde", sagte Jan und zeigte mit dem Finger in den Himmel. Es dauerte einen Moment, bis ich sie gefunden hatte. Es waren drei, die dort oben ihre Kreise zogen. Unwillkürlich musste ich an ein Seeräuberlied denken, das ich in der Grundschule im

Musikunterricht gelernt hatte: *Der mächtige König von Sturm und Wind.*
„Vorhin hat sich einer auf den Schornsteinrand gesetzt“, sagte Jan. „Merkwürdig! Normalerweise sitzen Bussarde viel tiefer, auf einem Zaunpfahl in der Wiese zum Beispiel. Er blieb dort bestimmt fünf Minuten lang sitzen. Ich konnte ihn gut sehen.“
Wir radelten von der Brücke hinunter und bogen rechts ab. Jan war ungewöhnlich still.
„Ist was?“, fragte ich.
„Dieser Bussard“, sagte er. „Ich habe ihn gesehen, aber hat er mich auch gesehen? Und wenn ja, was hat er dann gesehen?“

14

Den ganzen Weg bis zum Strand blieb Jan schweigsam und in sich gekehrt. Meine Versuche, ihn in ein Gespräch zu verwickeln, scheiterten kläglich. Er antwortete mit Ja oder Nein oder überhaupt nicht.

Ich gab es auf und fuhr schweigend neben ihm her. Wenn wir nicht nebeneinander fahren konnten, drehte ich mich immer mal wieder ängstlich um, um zu sehen, ob er überhaupt noch hinter mir war.

Wir fuhren auf die letzte, hohe Düne hinauf und hielten oben an. Vor uns lag das Meer. Es war Ebbe und man konnte kaum von einer Brandung sprechen, so ruhig war der Wellengang an diesem Tag. Kraftlos leckten die Wellen den Strand.

Ich tippte mit meinem Vorderreifen an Jans.

„Sollen wir die Fahrräder hier abstellen?“, fragte ich, und da fing er zu sprechen an – wie der reinste Wasserfall.

„Ich stand heute Morgen in meinem Zimmer am Fenster und schaute auf die Straße. Die Ampel an der Kreuzung schaltete auf Grün, dann auf Gelb, auf Rot und wieder auf Grün. Der Verkehr hielt an und kam wieder in Gang. Auf dem Bürgersteig gingen Leute mit Einkaufstaschen, vollen und leeren, Kinder, die vorbeihopsten, Kinder, die stehen blieben, oder die brav an der Hand neben Papa oder Mama gingen.

Ich sah das Postamt, Leute gingen hinein und Leute kamen heraus. Die Ampel wurde wieder grün. Ein herumstreunender Hund hob das Bein und pinkelte an eine Straßenlaterne.

Grün, gelb, rot. Autofahrer bremsten, Radfahrer hielten an, einer fuhr noch schnell drüber. Leute überquerten bei der Ampel die Straße. Die Fußgängerampel sprang auf Rot, die Leute gingen schneller, um die andere Straßenseite zu erreichen. Auf dem Bürgersteig bildete sich die nächste Fußgängergruppe, um bei Grün die Straße zu überqueren.

Die Ampel steht da nicht für mich, dachte ich. Sie schaltet nicht für mich auf Grün, Gelb, Rot und wieder auf Grün. Der Zebrastreifen ist nicht für mich dort. Die Straßenlampen stehen nicht für mich da. Heute Abend um halb zehn gehen sie an, aber ihr Licht ist nicht für mich.

Ich esse das Brot des Bäckers, aber der Bäcker backt nicht für mich, der Gemüsehändler steht da nicht für mich und auch der Metzger nicht.

Ich sehe die Hauptstraße und die Seitenstraßen, sie sind nicht für mich. Sie sind für sie da, die anderen, die Leute mit den Einkaufstaschen, die hopsenden Kinder, die Leute von hier, die Familien unterwegs zum Strand. Für sie ist das Meer und der Wind und sind die Möwen da.

Für sie ist die Welt da, nur für sie, für die anderen. Die dürfen damit machen, was sie wollen: ein Haus mieten oder kaufen, mit einem Baum im Garten und darin mit einem Haustier wohnen, einer Katze, einem Hund oder einem Kaninchen. Sie bekommen Kinder, streiten sich, kaufen ein, um sich und ihre Kinder zu ernähren; sie kaufen Sachen, um ihre Häuser schön einzurichten. An der einen Straßenseite die geraden Hausnummern, an der anderen die ungeraden. Sie hören Radio, lesen die Zeitung und feiern ihren Geburtstag."

Jan schwieg. Endlich schwieg er. Ich sah ihn an. Die ganze Zeit, als er geredet hatte, hatte ich mich das nicht getraut, es auf jeden Fall nicht getan. Ich hatte an meinem Lenker herumgespielt, hatte ihn nach rechts und nach links gestupst, ihn ein bisschen angehoben und losgelassen, sodass das Vorderrad hoch und runter hopste.

„Die Welt ist auch für dich da", sagte ich endlich.

Er schüttelte den Kopf. „Nein", sagte er, „für dich vielleicht, aber nicht für mich. Ach, vergiss es. Ich hab nichts gesagt. Es ist nicht schlimm, es ist, wie es ist."

Das sagte er mit einem spöttischen Funkeln in den Augen. Er

zählte mich zu den anderen, wer auch immer die waren. Er fühlte sich besser als die – also sah er auch auf mich herab.
„Was laberst du da?“, fragte ich verärgert.
„Vergiss es“, sagte er. „Das kann ich nicht erklären, das verstehst du doch nicht.“
Vor allem die letzte Bemerkung machte mich stocksauer. Was sollte das heißen, das verstehst du doch nicht?
Ich drehte mein Fahrrad um, stieg in die Pedale und fuhr im Zickzack um die Familien herum, die auf dem Weg zum Strand waren, die Düne wieder hinunter.
„Kees! Was hast du vor?“, hörte ich Jan hinter mir rufen.
„Ich such mir ’ne Wiese“, rief ich über die Schulter. „Ich muss scheißen.“
„Kees!“, rief er. „Kees!“

15

Ich weiß nicht genau wieso, aber aus dem einen oder anderen Grund war ich davon überzeugt, dass Jan plötzlich wieder auftauchen würde. Seitdem ich wütend nach Hause gefahren war, hatte ich Jan nicht mehr gesehen, zwei Wochen war das jetzt her. Ich vermisste ihn, auch wenn er mich ab und zu auf die Palme brachte. Jan war anders und deswegen war er interessant. Ich wollte wissen, wer er war, deswegen wollte ich mit ihm befreundet sein und nicht etwa, weil er nett war, denn das war er nicht, jedenfalls nicht die ganze Zeit.

Wie er mich fand? Vermutlich fand er mich auch interessant und vielleicht sogar nett.

Am Samstag tauchte er beim Fußballspiel auf. Wir spielten unser zweites Spiel in dieser Saison, nachdem wir das erste haushoch verloren hatten. Vier Tore in zweimal zwanzig Minuten und alle waren bei uns reingegangen. Ich bekam den Ball vor den linken Fuß, schaute kurz auf, um einen freistehenden Spieler zu suchen, und da entdeckte ich Jan. Er stand an der gleichen Stelle, an der er beim ersten Mal auch gestanden hatte und in der gleichen Haltung, ans Geländer gelehnt. Marijke stand neben ihm. Hatte er sie mitgenommen oder sie ihn? Sie winkte mir zu.

Ich tat, als ob ich Jan nicht gesehen hätte, was mir nicht gut gelang, denn er zog meinen Blick magnetisch an.

„Los, Kees“, feuerte mich Marijke jedes Mal an, sobald ich im Ballbesitz war.

Jan sagte nichts. Jan schaute, und vielleicht nicht einmal das. Er war da.

Das Spiel endete null zu null.

„Du spielst gut“, sagte Marijke, die ihren Fotoapparat bei sich hatte.

„Ach“, sagte ich.

„Nein, wirklich. Findest du nicht auch, Jan?“

Marijke, liebe Marijke, du bist in mich verliebt, ich kann es am Funkeln deiner Augen sehen; ich habe wie die letzte Krücke gespielt, aber du behauptest, ich hätte gut gespielt und wenn du das sagst, dann ist es auch so, dann habe ich nicht zwei Torchancen in den Sand gesetzt, dann sind sie beide reingegangen, ein unhaltbarer Roller in die kurze Ecke und ein schlapper Heber über den Torwart drüber, der, nebenbei gesagt, der größte Spieler auf dem Feld ist.

Mach ein Foto von mir, Marijke, und ich werde dich von diesem Foto aus für immer und ewig anlächeln. Es wird nur ein einziges Bild geben und du wirst die Einzige sein, die es hat: Kees van Duin, AFC Ajax Amsterdam, Linksaußen.

„Ihr spielt übrigens auf einem Friedhof", sagte Jan. „Wusstest du das?"

„Auf einem Friedhof?", fragte Marijke.

Ich wusste, worauf Jan hinauswollte, ich hatte die Geschichte auch gehört. Anscheinend hatte man im Zweiten Weltkrieg den Fußballplatz zwischenzeitlich als Friedhof für gefallene deutsche Soldaten benutzt, die man später wieder ausgebuddelt und den Deutschen zurückgegeben hatte. Den Verwandten, nehme ich mal an.

Ich hatte mich immer gefragt, ob die Geschichte wohl stimmte und ob wirklich alle Soldaten ausgegraben worden waren. Ob sie nicht vielleicht den einen oder anderen vergessen hatten und der nun in ungefähr drei bis vier Metern unter der Erde auf das Jüngste Gericht wartete.

Es könnte ja ausgerechnet der Soldat sein, dem Jans Onkel mit dem Schweizer Taschenmesser die Kehle durchgeschnitten hatte. Ich fragte Jan, ob der deutsche *Mof* seines Onkels auch auf dem Fußballplatz begraben worden sei.

„Welcher Onkel?", mischte sich Marijke ein. „Von wem redet ihr?"

Jan ging nicht darauf ein.

„Jetzt mach endlich dein Foto“, sagte er bloß.
Marijke verkündete, sie wolle ein Mannschaftsfoto machen. Die ganze Mannschaft! Ich war enttäuscht. Ich dachte, sie wollte nur mich fotografieren. Vielleicht wollte sie das ja eigentlich auch und traute sich nur nicht, weil alle dabeistanden. Dann wäre es ja zu offensichtlich, dass sie was von mir wollte. Ich erschrak bei dem Gedanken: Marijke, die etwas von mir will. Ausgerechnet von mir, Kees van Duin, der noch nie mit einem Mädchen gegangen war, geschweige denn mit einem regelmäßig ins Bett ging. Marijke, meine Marijke, eingesperrt in einer Zigarrenkiste.
Meine Marijke-Sammlung, die ich Stück für Stück in meine Hand nahm und die unerträgliche Eifersucht in mir auslöste. Die Haarspange, die sich an ihren Haaren festgehalten hatte; der Lippenstift, der ihre Lippen berührt hatte; der Bleistift, den ihr Mund geschmeckt hatte; die Unterhose, die ihren Po gespürt hatte.
Die Vorstellung davon machte mich wahnsinnig, ich musste damit aufhören. Ich machte weiter und stellte mir vor, wie sie mit mir in ihrem Zimmer, neben dem von Jan, ins Bett ging – mit dem Foto, das sie damals bei der Wit-Brücke von mir gemacht hatte. Sie hatte es entwickelt, einen Abzug gemacht und ihn niemandem gezeigt, das Foto behielt sie für sich und bewahrte es unter dem Unterhemd, auf ihrer Haut, an ihr Herz gedrückt. Jan und den Hecht hatte sie weggeschnitten, um mich ganz allein zu haben; um mich heimlich auf den Mund zu küssen und mir liebe Sachen ins Ohr zu flüstern, Worte, die ich nicht kannte, sie aber schon.
„Würdest du den Mannschaftskapitän fragen, ob er damit einverstanden ist?“, fragte Marijke.
„Ob er womit einverstanden ist?“
„Dass ich ein Foto von eurer Mannschaft mache. Wenn es gut geworden ist, wird es in unserem Schaufenster ausgestellt.“

Der Kapitän war einverstanden. Marijke machte das Foto vor unserem dritten Spiel, das wir unbedingt gewinnen mussten, wenn wir in unserer Gruppe Erster werden wollten.
Als sie das Foto gemacht hatte, ging sie. Schade, denn ich saß auf der Reservebank und hätte Zeit gehabt, mich mit ihr zu unterhalten oder, für mich ein genauso schöner Gedanke, einfach nur schweigend neben ihr zu sitzen. Marijke neben mir zu wissen, ihren Atem zu hören und ihren Körper zu riechen, reichte mir vollkommen aus. Jan war mit ihr gegangen.
„Wie lange dauert euer Turnier noch?"
„Kommt darauf an, wie gut wir sind. Wenn wir das nächste Spiel verlieren, sind wir Dritter und draußen. Wieso?"
„Vielleicht hast du ja noch Lust, bei uns vorbeizukommen."
„Bringst du mir dann endlich bei, wie man fällt?", fragte ich.
Jan musste lachen.

16

Jan sah, den Kopf in den Nacken gelegt, hinauf zur Schornsteinspitze der Gärtnerei von Piet van Vliet. Ich kniete im Gras beim Wassergraben und pflückte Löwenzahn für die Kaninchen. Wir hatten zwei Flämische Riesen, für die ich verantwortlich war. Ich sorgte dafür, dass sie genug zu essen und zu trinken hatten und machte einmal in der Woche die Ställe sauber. Außer dem Schuheputzen war das meine einzige Aufgabe im Haushalt.
Ich hatte die Kaninchen Beertje und Coen genannt, nach zwei Fußballspielern von Feyenoord Rotterdam: Beertje Kreyermaat und Coen Moulijn. Zu Weihnachten würden die beiden in den Ofen kommen und wir würden uns wieder zwei neue holen, denen ich dann, als eingeschworener Ajax Amsterdam-Fan, wieder Namen von zwei Feyenoord-Spielern geben würde.
„Was meinst du? Wie hoch ist der Schornstein?", fragte Jan.
„Fünfundzwanzig Meter?"
„Wirklich so hoch?"
„Was schätzt du denn?"
„Zwanzig."
„Nein, ich glaube höher", sagte ich. „Ich werde es Van Vliet nächste Woche mal fragen, falls der das überhaupt weiß."
Jan schaute weiter nach oben. Ob er hoffte, die Bussarde wiederzusehen und dass sich dann wieder einer auf den Rand des Schornsteins setzen würde?
Ehrlich gesagt, hoffte ich es nicht. Beim letzten Mal war Jan so merkwürdig geworden, schweigsam und vollkommen in sich gekehrt. Er war gereizt gewesen und beim kleinsten Anlass wütend geworden, auch auf mich.
Obwohl – das stimmt so nicht. Nicht ER war wütend geworden, sondern ICH. Die Welt sei nicht für ihn da, hatte er gesagt, sondern für die anderen. Er hatte es so gesagt, als hätte nicht

die Welt ihn ausgeschlossen, sondern er die Welt und damit auch mich.
Arroganter Mistkerl! Ich war stinksauer geworden. Was bildete er sich eigentlich ein? Sich über alles und jeden zu stellen und dann verächtlich auf die Welt herabzusehen? Fühlte er sich etwa als was Besseres, oder wie war das zu verstehen?
Etwas Besseres war Jan bestimmt nicht, aber er war anders als alle anderen Jungen, die ich kannte, und deswegen pflückte ich jetzt in seiner Gesellschaft Löwenzahn für Beertje und Coen.
Ich stand auf und wischte mir die Erde von den Knien.
„Ich hab genug“, sagte ich. „Gehen wir, Jan?“
Jan kniff ein Auge zu und schaute zwischen Daumen und Zeigefinger seiner rechten Hand hindurch, die er mit ausgestrecktem Arm vor sich hielt, um Maß zu nehmen.
„So ist der Schornstein nur ein kleines Ding“, sagte er. „Höchstens zehn Zentimeter hoch.“ Langsam bewegte er Zeigefinger und Daumen aufeinander zu, bis sie sich berührten. „Mach's gut, Schornstein“, sagte er und drehte sich zu mir um. „Das hab ich früher immer gemacht: Mit Daumen und Zeigefinger die Welt zerdrücken. Die Radfahrer und Autos, die Straßenlaternen, die Geschäfte, die Schule, das Postamt, meine Eltern, die Kirche, die Windmühle, einfach alles musste dran glauben, bis nichts mehr stand und alles weg war.“
Wir gingen den Kohlenpfad entlang zur Wit-Brücke, wo Jan mir ein blaues Auge und eine gebrochene Nase geschlagen und wo wir den Hecht gefangen hatten.
Danach war ich höchstens noch zwei oder drei Mal angeln gewesen, zuletzt Aale. Nach einer Stunde hatte zwei Mal einer angebissen und ich hatte schließlich einen kleinen Aal gefangen.
„Du musst in dem Wassergraben neben dem Friedhof angeln gehen“, hatte ein Spaziergänger gesagt, der mit seinem Hund Gassi ging und sich aufdringlich dicht hinter mich gestellt und auf meinen Schwimmer gestarrt hatte. „Da schwimmen Aale,

so dick wie ein Unterarm. Wegen des Leichenwassers, wenn du verstehst, was ich meine?“

Ich ließ ihn weiterquatschen – sollte er doch selbst beim Friedhof angeln gehen. Ich jedenfalls dachte gar nicht dran. Mein Opa liegt dort, der Vater meines Vaters, nach dem ich benannt worden bin: Cornelius, Rufname Kees. Amtlich heiße ich Cornelis Hendricus Wilhelmus Maria van Duin. Bei uns in der Familie haben alle den Namen Maria, auch die Jungen.

Mein neues Brüderchen, wenn es denn eines werden wird, wird auch so heißen. Welchen Rufnamen er bekommt, weiß ich nicht. Ich hatte meine Mutter neulich mal gefragt, aber sie wollte es mir nicht sagen, denn das bringt Unglück.

Auf der Wit-Brücke blieb Jan stehen, drehte sich um und sah den Kohlenpfad entlang. Erneut nahm er den Schornstein zwischen Daumen und Zeigefinger.

„Was meinst du“, fragte er, „ob man von der Spitze aus das Meer sehen kann?“

17

Es war das erste Mal, dass ich Marijke alleine sah, ohne Jan. Oder besser gesagt, sie sah mich. Ich hatte mein Rad gegen einen Laternenpfahl gelehnt, abgeschlossen und wollte gerade in die Apotheke gehen, als sie plötzlich vor mir stand.

„Kees!“

„Marijke?“

Ich sollte Eisentabletten für meine Mutter holen. Gestern war sie in der Küche plötzlich ohnmächtig geworden. Das Soßenkännchen, das sie gerade aus dem Küchenschrank geholt hatte, war ein einziger Scherbenhaufen auf dem steinernen Küchenfußboden, und mittendrin lag meine Mutter.

Außer meinem Vater waren alle zu Hause. Ich hielt die Kleinen davon ab, in die Küche zu rennen, und während sich Truus um meine Mutter kümmerte, rannte ich zur Familie Van Dijk, die schräg gegenüber wohnte, um den Arzt anzurufen. Wir hatten kein Telefon.

Der Arzt war sofort gekommen und hatte meine Mutter untersucht: ihren Puls gefühlt, die Brust abgehorcht, Temperatur und Blutdruck gemessen. Es war nichts Schlimmes, auch nicht mit dem Baby, aber meine Mutter musste sich mehr schonen und nicht mehr so viel arbeiten. Sie hatte Blutarmut.

Marijke ging mit mir in die Apotheke. Es war nicht voll, nur zwei Kunden waren vor mir. Wir setzten uns auf die Holzbank beim Fenster. Ich sah zu Marijke hinüber, sah das Sonnenlicht, das durch das Bleiglasfenster über der Tür auf Marijkes nackte Oberschenkel fiel. Sie trug eine grüne Strickjacke, der ein Knopf fehlte – der gläserne Knopf, den ich in meiner Zigarrenkiste aufbewahrte. Ihr Kleid, so gelb wie die Sonne, war nur knielang und ließ ein Stückchen ihrer Oberschenkel frei. Ich hatte Lust, meine Zähne genau dort hinein zu drücken und sanft zuzubeißen: Ich ess’ dich auf, ich ess’ dich auf, so

wie ich dich am Sonntag in der Kirche gegessen habe, als der Kaplan die Hostie auf meine Zunge gelegt hatte: Dies ist der Körper Marijkes.
Oh nein?! Nicht jetzt!
Ich spürte, wie ich eine Erektion bekam, setzte mich etwas anders hin, legte meine Hände vor den Schritt und fing an, die Etiketten auf den Medizinflaschen über der Theke zu lesen: CARBOLINEUM, MAGNESIUMOXID, SILBERNITRAT.
„Nur noch einer vor uns. Dann sind wir an der Reihe."
Wir, Marijke hat WIR gesagt. CLIOQUINOL, TEMESTA 1mg. Zum Glück, es half.
„Wie ist das Mannschaftsfoto geworden?", fragte ich.
„Ganz gut", sagte Marijke. „Aber nicht gut genug für's Schaufenster, findet mein Vater."
„Und wie sehe ich auf dem Bild aus?"
„Doof", sagte sie und gleich danach: „Ich mach nur Spaß. Du siehst normal aus – du bist halt auf dem Bild drauf."
Normal, das war noch schlimmer als doof. Aber sie sagte das nur, um mich zu ärgern. Ich liebte sie.
Ich war an der Reihe. Ich gab das Rezept ab und bekam eine Schachtel Eisentabletten: Dreimal täglich.
Wir verließen die Apotheke. Ich musste sofort nach Hause, die Tabletten abgeben. Ich hatte mein Fahrradschloss aufgeschlossen und wartete darauf, dass etwas passieren würde – aber es passierte natürlich nichts.
Ich war da, Marijke war da und zwischen uns stand mein Rad.
„Sollen wir nachher ein bisschen Fahrrad fahren?"
Ich war über meine Frage selbst überrascht und noch überraschter von Marijkes Antwort: „Ist gut. Nur ..."
„Nur was?"
„Mein Fahrrad ist zur Reparatur, dann müsste ich auf deinem Gepäckträger mitfahren."

„Dann hole ich dich ab. Wo sollen wir uns treffen? Bei dir zu Hause?“
„Ich fahre jetzt gleich mit.“
Ich zögerte. Das schien mir keine gute Idee zu sein. Wenn eine meiner Schwestern Marijke mit mir sehen würde, dann würde sie sofort wissen wollen, wer das sei und ob wir miteinander gingen. Und das wollte ich nicht, ich wollte Marijke ganz für mich alleine haben.
„Versteh' schon“, sagte sie, „du schämst dich für mich.“
Sie wollte mich provozieren, sie meinte das nicht wirklich so.
„Ich schäm' mich für gar nichts. Nun steig schon auf.“
Ich lieferte die Tabletten ab, steckte etwas Geld ein und fuhr mit Marijke auf dem Gepäckträger wieder los nach ... ja, wohin sollten wir eigentlich fahren? Ehrlich gesagt, war mir das vollkommen egal, Hauptsache, Marijke saß hinter mir.
„Du darfst sagen, wo wir hinfahren sollen“, rief ich über die Schulter.
„Hier nach links“, rief sie, ohne zu zögern. Und nach einer Weile: „Jetzt nach rechts.“
Marijke leitete mich im Zickzack aus dem Dorf hinaus, Richtung Dünen. Bei der Großen Düne stiegen wir ab und ich versperrte mein Rad.
„Wer als Erster das Meer sieht“, rief Marijke.
Nach Luft ringend kamen wir oben auf der Düne an.
„Gewonnen! Und du willst ein Junge sein?!“
Ja, ich bin ein Junge und du bist ein Mädchen. Das schönste Mädchen auf der ganzen Welt. Ich rannte die Düne hinunter zum Strand – die Arme weit ausgebreitet. Ich hob ab und flog davon.

18

Jan zeigte mir weder, wie man richtig fällt, noch bekam ich von ihm Boxunterricht. Aber er brachte mir etwas anderes bei und dafür brauchte er einen BH von Marijke.

Ich erschrak, als er ihn hervorzog. Es war ausgerechnet der BH, der zu der weißen Unterhose gehörte, die ich vom Wäschetrockner über der Treppe heruntergezogen und heimlich unter meinem Pullover mit nach Hause genommen hatte. Wollte Jan mich auf diese Weise wissen lassen, dass er von meiner Marijke-Sammlung wusste?

„Ein BH", sagte Jan.

„Ein BH", wiederholte ich dämlich.

„Marijkes BH, sie weiß Bescheid. Sie weiß alles über mich und ich über sie; wir haben keine Geheimnisse voreinander. Die hat man nicht, wenn man neun Monate zusammen im Bauch der Mutter verbracht hat. Wir sind Zwillinge."

Jan war der Ältere. Marijke hatte es mir erzählt, als wir zusammen zum Strand gefahren waren. „Wir sind nur ein paar Minuten auseinander."

Sie hatte gesagt, dass sie froh sei, dass ich Jans Freund bin.

„Manchmal verstehe ich ihn nicht", hatte ich gesagt.

„Manchmal versteht Jan sich selbst nicht."

„Und du?"

„Meistens schon. Wir haben uns lange ein Zimmer geteilt. Abends haben wir oft die Betten zusammengeschoben und so lange gequatscht oder gesungen, bis uns vor Müdigkeit die Augen zufielen. Erst in der zweiten Klasse wurden wir getrennt – so jedenfalls hat es sich angefühlt, als wir eigene Kinderzimmer bekamen. Als ob wir siamesische Zwillinge wären, die man voneinander losschneidet.

In der ersten Zeit ist Jan noch regelmäßig zu mir ins Bett gekommen, weil er alleine nicht einschlafen konnte, und weil er unser Lieblingsspiel vermisste: In Mamas Bauch. Dann lagen wir bis zum Kopf unter der Decke und klammerten uns mit den Armen und Beinen fest aneinander. Eines Morgens fand dann Mutter Jan in meinem Bett und da hat sie es uns verboten."

Jan warf mir den BH zu.
„Anziehen."
„Warum?", fragte ich. Was sollte das? Hatte er bemerkt, dass ich Mädchenbrustwarzen hatte?
„Ich zeig dir, wie man mit nur einem Handgriff einen BH aufbekommt. Das ist wichtig, denn Mädchen können es nicht ausstehen, wenn Jungs umständlich herumwursteln. Sie wollen, dass man sich auskennt, sie küsst und streichelt."
Was hatte ihm Marijke erzählt? Am Strand war nichts passiert. Wir hatten Schulter an Schulter nebeneinander gesessen und aufs Wasser geschaut, gequatscht und dann hatte ich sie zu einem Eis eingeladen. Ich hatte sie nicht angerührt und erst recht nicht versucht, ihren BH zu öffnen.
Hatte sie das etwa gewollt? Wünschte sie sich, von mir geküsst und gestreichelt zu werden? Und hatte sie das Jan erzählt und wollte der nun wiederum mir aus diesem Grund zeigen, wie man einen BH-Verschluss öffnet?
Ich schob die Hand unters Hemd und strich mit dem Daumen über die Brustwarzen, sodass sie hart wurden. Dann zog ich Ober- und Unterhemd aus, den BH an – er roch nach Marijke. Jan machte den Verschluss auf meinem Rücken zu und stopfte ein paar Socken in den BH, um es so echt wie möglich aussehen zu lassen. Dann sollte ich mich wieder anziehen.
„Es geht darum, den BH nach Gefühl zu öffnen, ohne hinzuschauen."
„Eigentlich hab ich hierzu überhaupt keine Lust", sagte ich, während ich mir das Unterhemd anzog. Mein Maria-Medaillon

war genau auf der linken Brustspitze und baumelte bei jeder Bewegung hin und her.
„Du schämst dich", sagte Jan.
„Ja", sagte ich, um danach sofort „Nein" zu rufen, gefolgt von „Ein bisschen schon". Ja, ich schämte mich, befürchtete aber vor allem, dass seine Mutter plötzlich ins Zimmer kommen würde, um uns Tee und Plätzchen zu bringen, oder, und diese Vorstellung war noch viel schlimmer, Marijke plötzlich hereinschauen und mich so sehen würde.
„Brauchst du nicht", sagte Jan. „Stell dir einfach vor, es ist ein Theaterstück, ein Stück zur Zeit von Shakespeare, als Frauen keine Schauspieler sein durften und deswegen alle Rollen von Männern gespielt wurden."
Er legte seine Hände auf meine Schultern, drückte mich runter auf sein Bett und setzte sich neben mich.
„Stell dir vor, du bist Julia", sagte er, „und ich bin Romeo. Wir lieben uns und haben ein heimliches Rendezvous, weil unsere Familien verfeindet sind und nicht wollen, dass wir uns treffen."
Jan drehte sich zu mir und umarmte mich. Ich musste an unser Passionsspiel in der Schule denken. Henkie Looije spielte Jesus und ich sollte ihm, in der Rolle des Judas, vor den Augen der gesamten Schule einen Kuss geben. Ich hatte deswegen schlaflose Nächte gehabt – wie, um Gottes Willen, sollte ich da mit heiler Haut herauskommen? Am Tag der Aufführung täuschte ich Bauchschmerzen vor, aber meine Mutter ließ sich nichts vormachen. Nicht zur Schule gehen? Das konnte ich vergessen! Schließlich hatte ich nicht Henkie, sondern, feige wie ich war, meinen Handrücken, den ich auf Henkies Wange gelegt hatte, geküsst.
„Ich bin Julia", wiederholte ich in Gedanken, als Jan seine Hände unter mein Unterhemd schob und sich auf die Suche nach Marijkes BH-Verschluss machte. Ich bin Julia.

Zum Glück bekam er es schnell hin, den Verschluss auf meinem Rücken zu öffnen. Ich zog das Hemd und den BH aus und reichte ihn Jan, der ihn triumphierend wie eine Trophäe hochhielt.
„Jetzt du“, sagte er.
„Ein andermal“, sagte ich. „Ich muss gehen.“
Auf der Treppe kam mir Marijke entgegen.
„Ich habe was für dich“, sagte ich.
Ich zeigte ihr den fehlenden Knopf ihrer grünen Strickjacke. Einen Knopf aus grünem Glas kann man nirgendwo bekommen, hatte sie gesagt, als ich am Strand auf die leere Stelle an ihrer Jacke gezeigt hatte: Da fehlt einer.
Bevor ich von zu Hause weggegangen war, hatte ich ihn eingesteckt.
„Wo hast du ihn her?“, fragte Marijke.
„Aus der Knopfdose meiner Mutter“, sagte ich. „Ich war mir sicher, dass ein passender dabei sein würde. Ich habe solange gesucht, bis ich einen gefunden habe.“
„Das ist lieb von dir“, sagte Marijke, „wirklich lieb!“

19

„Ich hatte recht", sagte ich zu Jan. „Der Schornstein ist höher als zwanzig Meter, so, wie ich gedacht hatte."

„Und wie hoch ist er nun?"

„Dreiundzwanzig Meter."

Ich hatte nicht, wie ich vorgehabt hatte, Piet van Vliet gefragt, sondern Gunther-holt-sich-einen-runter hatte es mir erzählt. Heute Morgen, als wir die vertrockneten Tomatenpflanzen auf ein Feld hinter dem Schornstein gefahren hatten, wo sie verbrannt werden sollten. Es war August, die Tomatensaison war zu Ende.

„Übertrieben hoch, für so 'ne kleine Fläche", hatte Gunther gesagt und auf den Schornstein gezeigt. „Findste nich?"

Für meine Mutter konnten die Schornsteine der Gärtnereien gar nicht hoch genug sein, denn wenn der Wind ungünstig stand, wurden ihre Laken und Bettbezüge, die an der Wäscheleine hinter dem Haus auf der Wiese hingen, mit Rußflöckchen bedeckt und sie konnte mit dem Waschen wieder von vorne anfangen.

Gunther hatte erzählt, dass Piets Vater den Schornstein Anfang der 1920er Jahre hatte bauen lassen, als viele Gärtnereien zum Pflanzen von Strauchtomaten übergegangen waren.

„Die Gärtnerei is' damals viel größer gewesen, deswegen is' der Schornstein so hoch. Als der Alte beim Tomatenpflücken plötzlich tot umfiel, hat Piet, der is' ja der einzige Sohn, die Leitung übernommen. Da hat der die Hälfte der Anbaufläche für 'nen Haufen Geld verkauft. Mit bloß drei Supermärkten als Kunden hatte der ja an einem Gartenknecht genug – also da mein' ich mich – und selbst mich findet der noch zu teuer. Der dreht jeden Cent dreimal um, der Geizhals. Was der mit all dem Geld anstellt, weiß niemand. Horten vermutlich. Bei dem würd' ich gern mal unter der ollen Matratze nachsehen – wetten, dass der

die Kohle da versteckt hat?! Bescheuert. Nachher krepiert der genauso plötzlich wie sein Alter und dann hat er nichts gehabt von all den Moneten."
„Irgendwas wird er doch wohl kaufen von dem Geld?", sagte ich.
„Vielleicht zieht der so ab und zu einen Fuffie unter der Matratze hervor und geht damit in die Geleenstraat."
Gunther merkte sofort, dass ich seine Bemerkung über die Geleenstraat nicht verstand.
„Na, zu den Huren!", sagte Gunther. „Als alleinstehender Mann muss er doch irgendwohin mit seinem Saft, oder nich', oder was?"

„Dreiundzwanzig Meter", wiederholte Jan. „Dann müsste man, glaube ich, von oben aus das Meer sehen können."
„Das weiß man erst, wenn man oben ist", sagte ich.
„Dann machen wir das doch."
„Ich bin doch nicht verrückt."
„Traust du dich nicht?"
„Darum geht's nicht", sagte ich, aber ich wusste, dass es genau darum ging.
Mir wurde allein schon beim Gedanken daran, in dreiundzwanzig Metern Höhe auf einem einzigen Eisentritt zu stehen, schlecht.
Wenn ich das Meer sehen wollte, dann fuhr ich mit dem Rad zum Strand – ganz einfach.

20

Ich war mit Lies, Gerda und Rinus auf dem Weg zum Kirchplatz, von wo aus sie mit dem Bus der Ferienbetreuung zum Strand fahren würden. Um den Hals trugen sie an einem Band eine gelbe Karte, auf der Name und Adresse standen. Lies hatte einen Leinenbeutel bei sich, in dem für jeden ein Apfel, vier Butterbrote und eine Flasche kalter Kakao waren.
Normalerweise hätte Truus sie gebracht, aber ihr war nicht gut, deswegen musste ich sie bringen.
Lies fand das absolut überflüssig, schließlich ging sie auch allein zur Schule, aber meine Mutter bestand darauf, dass ich mitkam. Auf dem Weg zur Kirche musste man eine befahrene Straße überqueren, und in den Ferien gab es keinen Schülerlotsen, der beim Überqueren der Straße half.
Bis zu meinem zwölften Lebensjahr hatte ich auch, genau wie meine drei jüngeren Geschwister jetzt, an den Aktivitäten der Ferienbetreuung teilgenommen. Das war gar nicht so schlecht gewesen, denn die Kindergruppe war so groß, dass die wenigen Betreuerinnen nicht alle im Auge behalten konnten, sodass man viel Freiheit hatte.
Vorm Zebrastreifen nahmen Lies und ich Rinus bei der Hand, Gerda hielt ich an der Jacke fest.
„Nach dem roten Auto gehen wir", sagte ich. Wir warteten, bis das Auto vorbeigefahren war und überquerten die Straße, wobei ich auf halber Höhe meinen Bruder und meine Schwester wieder losließ.
„Der Bus ist schon da", sagte ich. „Lauft!"
Ich hatte keine Lust, zwischen all den Müttern auf die Abfahrt des Busses zu warten, um meinen Geschwistern zum Abschied zu winken. Deswegen drehte ich um und machte mich gleich wieder auf den Heimweg. Ich ging auf der anderen Seite der Straße zurück, am Kanal entlang, der zum Großmarkt führte.

Vor dem Pfadfinderclubhaus waren ein paar Scouts damit beschäftigt, ein Gruppenzelt auf der Wiese auszubreiten. Damit wollten sie bestimmt ins Ferienlager fahren.
In ein paar Wochen würde ich mit meinem Fußballverein in die Ferien nach Uden fahren, auf einen Ferienbauernhof, mit den Spielern aus der B-Jugend. Ich fuhr jedes Jahr mit, das war meine einzige freie Woche in den Schulferien, aber dieses Jahr hatte mich die Lust noch nicht so recht gepackt. Vielleicht würde ich in der nächsten Spielsaison nicht mehr mitspielen, ich wusste es noch nicht genau.
Nach den Sommerferien würde mein letztes Schuljahr anfangen. In meinem Versetzungszeugnis hatte ich gute Noten, und ich wollte auch beim Abschlusszeugnis einen guten Schnitt erreichen.
Ich hoffte, danach auf die Oberrealschule gehen zu können, die Schule, die Jan im September verlassen würde, um auf meiner Schule weiterzumachen. Seine Eltern waren über seine Entscheidung alles andere als erfreut und versuchten, mich vor ihren Karren zu spannen. Deshalb fragten sie mich, was ich davon halten würde. Ich sagte, dass ich Jan verstehen würde, was ich nicht tat – nur zu gerne hätte ich mit ihm tauschen wollen! –, dass er nächstes Jahr immer noch auf die Oberrealschule gehen könne und er dann auf jeden Fall schon mal einen Abschluss in der Tasche hätte.
Mir war, als würde ich meine Eltern reden hören, denn das waren genau ihre Argumente gewesen, weswegen sie mich nach der Volksschule nicht direkt auf die Oberrealschule hatten gehen lassen.
Jan hatte sich durchgesetzt und, ohne seine Eltern zu fragen, mit unserem Schuldirektor einen Termin vereinbart und sich als neuer Schüler in der Hauptschule *Die Heilige Familie* eingeschrieben. Er hatte es sogar geschafft, in meine Klasse zu kommen.

Damit hatte er mich übrigens auf die Idee gebracht, mich nächstes Jahr ebenfalls ohne zu fragen einfach selbst auf der Oberrealschule anzumelden. Meine Schulbücher könnte ich mit dem Geld vom Tomatenpflücken bezahlen, ich wusste sowieso nie, was ich mir davon kaufen sollte. Ab und zu gönnte ich mir ein Eis oder eine paar Fritten, aber das war es dann auch schon. Außer einmal im Jahr einen Besuch auf der Frühjahrskirmes mit Autoscooter-Fahren.
Hinter der Schreinerei *Hartemink & Sohn* setzte ich mich ans Ufer, meine Füße ließ ich über den Uferrand baumeln. Ich schaute aufs Wasser und sah den Sachen nach, die in der schnellen Strömung vorbeitrieben: eine Gurke, ein Tennisball, ein Kondom, eine Tomatenkiste, ein toter Karpfen – und wurde plötzlich sehr traurig.
Wegen nichts, wegen allem.

21

Schon ein paar Wochen früher als geplant bekam ich mein eigenes Zimmer, denn meiner Mutter ging es gar nicht gut. Tagsüber war sie oft so müde, dass sie sich hinlegen musste, und trotz der Eisentabletten, die sie einnahm, war ihr oft schwindlig. Der Arzt wollte nicht, dass sie in ihrem Zustand – sie war inzwischen im achten Monat schwanger – noch Treppen stieg. Er wollte gar nicht daran denken, was ihr und dem Baby geschehen würde, wenn sie oben am Treppenabsatz ohnmächtig würde. Meine Mutter fand seine Bedenken übertrieben, aber als sie vor ein paar Tage mit einem Stapel Wäsche in der Hand die Treppe hinunterging, ihr schwarz vor Augen wurde und sie bloß nicht hinfiel, weil sie sich gerade noch am Treppengeländer festhalten konnte, entschied sie sich doch, dem Rat des Arztes zu folgen. Deshalb fand in unserem Haus eine weitreichende „Umsiedlung“ statt.

Rinus bekam mein Bett, Bertje das von Rinus und ich seines, das ich mit Jan zusammen ins freigewordene Schlafzimmer meiner Eltern schleppte. Das Klappbett meiner Eltern zog ins Vorzimmer um, hinter die Schiebetüren.

Es war das erste Mal, dass Jan bei uns zu Hause war, und mir war gar nicht wohl dabei. Ich schämte mich für meine Mutter, ihren kugelrunden Bauch, das Stückchen Unterrock, das wie immer unter dem Kleid hervorlugte, die abgetragenen Pantoffeln an ihren Füßen und die Schürze, die sie tagein tagaus und bis in alle Ewigkeit trug, selbst während der Schwangerschaft. Ich schämte mich für einfach alles und dafür schämte ich mich am meisten.

Ich folgte Jans Blick durch unser Wohnzimmer. Bei ihm zu Hause war alles schön, bei uns vor allem praktisch: Linoleum auf dem Boden und ein Wachstischtuch auf dem Ausziehtisch, um die Sonntagstischdecke vor Krümeln und umfallenden Limonadengläsern zu schützen. Bei uns gab es keine Musiktruhe mit Plattenspieler, sondern nur ein kleines Radio, das auf einem Regalbrett in der Ecke stand; direkt daneben der Liberty Stuhl meines Vater, in dem er sonntags eine Zigarre rauchte und seine Lieblingssendung *Weer of geen weer* hörte. Über dem Radio hing an einem kleinen Nagel ein Spruch der karitativen Organisation *Bond zonder Naam*: WO EILE HERRSCHT, FINDET GOTT KEINE RUH.

An den Wänden hing kein echtes Ölgemälde wie bei Jan, sondern eine verblasste Reproduktion von Da Vincis *Das letzte Abendmahl*, ein Hochzeitsgeschenk von Oma und Opa.

Meine Eltern haben während des Zweiten Weltkriegs geheiratet, eine große Feier war nicht möglich, denn es war weder eine geeignete Zeit, noch gab es genügend Geld. Meine Mutter hatte ihr Hochzeitskleid selbst geschneidert, und mein Vater hatte sich den Anzug eines Neffen geliehen. Er war ein paar Nummern zu groß, das konnte man auf dem Hochzeitsfoto, das auf dem Kaminsims stand, deutlich sehen, denn das Jackett und die Hose schlabberten an meinem Vater herunter.

Über der Tür zum Flur hing ein Kreuzigungsbild, und an der Wand gegenüber des Mehrzweckschranks stand auf einem hölzernen Sockel eine Herz-Jesu-Figur, vor der nachts ein Teelicht brannte, was praktisch war, wenn man im Dunkeln aufs Klo musste. Als ich klein war, hatte ich vor der Figur Angst gehabt, denn die flackernde Kerze warf gruselige Schatten an die Wand, und da war ich, so schnell es ging, an ihr vorbeigelaufen. Beim Pinkeln hatte ich die Tür immer sperrangelweit offen lassen.

Einmal in der Woche hob meine Mutter die Jesusfigur vom Sockel und staubte sie mit einem Tuch ab. Dann durfte Bertje ganz kurz und auch nur sehr vorsichtig mit der losen Hand von Jesus spielen, so wie wir alle das früher auch gedurft hatten.

Jan und ich waren fertig mit dem Umzug – jetzt hatte ich mein

eigenes Zimmer, nicht groß, aber ganz für mich allein. Hier würde ich am Tisch meine Schulaufgaben machen und dabei Musik aus meinem Transistorradio hören können, das ich von meinem Tomatenpflückgeld gekauft hatte. Alles in diesem zwei mal drei Meter großen Zimmer gehörte mir.
Truus war ziemlich eifersüchtig auf mich gewesen, denn sie fand, dass nicht ich, sondern sie, als älteste Tochter, ein Recht auf das elterliche Schlafzimmer gehabt hätte. Sie war kein Kind mehr – ein vierzehnjähriges Mädchen konnte man doch nicht mehr auf einem offenen Dachboden schlafen lassen, zu dem jeder freien Zugang hatte: die Brüder, deren Freunde, Vater, einfach jeder. Man stelle sich mal vor, sie wäre gerade dabei, sich an- oder auszuziehen.
Das war mir tatsächlich einmal passiert. Ich hatte Truus nackt gesehen, nur die Unterhose hatte sie angehabt. Sie stand schräg mit dem Rücken zu mir vor dem Spiegel und streichelte ihre Brüste. Ich blieb auf der Treppe stehen und traute mich nicht, mich zu bewegen. Ich schaute sie an, nur einen kurzen Moment lang und schlich dann leise rückwärts die Treppe hinunter. Ich glaube nicht, dass sie mich gesehen oder gehört hat.
Es war das erste Mal, dass ich Truus nicht als Schwester, sondern als Frau wahrgenommen hatte. Es hatte einige Tage gedauert, bis ich sie wieder als Schwester sehen konnte, die am Tisch saß und mit der Gabel ihr Gemüse in den Kartoffeln zerdrückt.

„Weißt du schon, was du an die Wände hängen willst?“, fragte Jan genau in dem Moment, als mir die Zigarrenkiste mit den Sachen von Marijke auffiel, die sichtbar und deutlich auf der Fensterbank stand. Hatte ich sie dort selbst hingestellt? Wie blöd konnte man eigentlich sein? Jan durfte auf keinen Fall von meiner geheimen Sammlung erfahren.
Ich stand auf und nahm die Zigarrenkiste von der Fensterbank. „Zigarrenbanderolen, habe ich früher mal gesammelt, Kinder-

kram“, murmelte ich und legte sie in den Einbauschrank unter meine Pullover. Später würde ich ein sichereres Versteck für mein Marijke-Museum suchen. Zum Glück stellte Jan keine weiteren Fragen.
„Was ich an die Wand hängen will, hast du gefragt? Ich weiß es noch nicht, vielleicht ein Poster wie du es hast.“
„Kronos?“
Ich nickte.
Ich hatte in Jans *Enzyklopädie der griechischen Mythologie* gelesen, dass Kronos seine eigenen Kinder aufgegessen hatte, um zu verhindern, dass eines, so wie es ihm prophezeit worden war, die Herrschaft an sich reißen würde. Und ich hatte gelesen, dass Kronos mit Rhea, seiner Schwester, Kinder gehabt hatte.
„Wenn du willst, kannst du es haben“, sagte Jan. „Ich habe es lange genug gesehen.“
Ich zuckte mit den Schultern. „Sollen wir nach unten gehen?“
Jan sah durchs Dachbodenfenster nach draußen. Ich stellte mich neben ihn. Unten auf der Wiese war meine Mutter damit beschäftigt, die Wäsche aufzuhängen, Bertje reichte ihr die Wäscheklammern. Ich erinnerte mich daran, dass ich das als kleiner Junge auch gerne gemacht hatte.
Jan sah über die Wiese hinweg zum Horizont, in der Ferne konnte man gerade noch den Schornstein der Gärtnerei erkennen.
„Wann klettern wir endlich hinauf?“, fragte er. „Oder traust du dich immer noch nicht?“
„Da musst du dich verhört haben“, sagte ich.
Wir gingen die Treppe hinunter.
„Wir sind fertig“, sagte ich zu meiner Mutter. „Jan kommt sich verabschieden.“
Jan gab ihr die Hand, meine Mutter dankte ihm.
„Netter Junge. Er ist doch von Noordermeers, dem Fotografen? Dann hat sein Opa damals unser Hochzeitsfoto gemacht.“

22

Ich wachte auf und mir war nicht gleich klar, wo ich war. Ich fasste mir an den Kopf und hielt eine Rennradkappe in der Hand. Da wusste ich es wieder: Ich war mit meinem Fußballverein auf Ferienfahrt in Uden und lag im Schlafsack zwischen meinen Mannschaftskollegen.

Die letzten Jahre hatte meine Mutter aus alten Laken einen Schlauch genäht, der annähernd aussah wie ein Schlafsack, aber dieses Jahr war sie dafür zu erschöpft gewesen und deswegen hatte ich von Jan einen Schlafsack geliehen.

„Darin habe ich auch schon geschlafen", hatte Marijke erzählt, als ich ihn abgeholt hatte.

Vor drei Tagen waren wir losgeradelt, nicht, ohne vorher von Kaplan Van Geelen gesegnet zu werden. Vierzehn Jungen mit schwarz-weißen Rennradkappen und dem Vredestein-Logo drauf, der Gummifabrik am Dorfrand, bei der unser Vereinsvorsitzender Botje, der eigentlich Berend hieß, arbeitete. Berend van der Valk.

Warum ausgerechnet er Vereinsvorsitzender des Fußballclubs geworden war, verstand niemand. Botje hatte noch nie Fußball gespielt, kannte sich darin auch nicht aus, aber er war Experte für Radrennsport. Gab man als Stichwort: Tour de France 1953, sechste Etappe, dann nannte er, ohne zu zögern, Start- und Zielort und den Namen des Etappensiegers: Caen – Le Mans, Martin van Geneugden. Es nachzuschlagen, um zu überprüfen, ob es stimmte, war die reinste Zeitverschwendung: Botje hatte immer recht.

Er hatte die Rennradkappen organisiert und behandelte die Fahrt nach Uden, als ob es sich dabei um eine Etappe der Tour de France handelte. Botje, der Einzige, dessen Fahrrad eine Gangschaltung hatte, fuhr an der Spitze und gab das Tempo an. Die letzten fünfzehn Kilometer musste ich Henkie Blei, den Jungen, den ich beim Theaterspielen küssen sollte und mich

nicht getraut hatte, auf meinem Gepäckträger mitnehmen.
Henkie war bei Berlicum mit dem Rad gestürzt, und Botje hatte mich dazu auserkoren, Henkie mitzunehmen. Kleine Fehler bestraft der liebe Gott sofort, war das Erste was ich dachte, als Botje auf mich gezeigt hatte. Ein Bild für Götter: Ich als Judas auf dem Fahrrad und Henkie als Jesus auf dem Gepäckträger – der Einzug nach Uden. Ich hatte die Fahrt nur durchgehalten, weil ich an die Zickzack-Fahrt zum Strand, bei der Marijke auf dem Gepäckträger gesessen war, und an Jans Schlafsack gedacht hatte, in dem ich heute Nacht schlafen würde und in dem auch Marijke gelegen hatte. Wenn doch nur Marijke statt Henkie auf meinem Gepäckträger gesessen wäre.
Henkie Blei machte seinem Nachnamen alle Ehre, ich wollte gar nicht wissen, was der auf die Waage brachte. Und dann klammerte er sich auch noch die ganze Fahrt lang an mir fest, als ob er Angst hätte, wieder vom Rad zu fallen. Meinetwegen hätte er liebend gern bei einem anderen mitfahren können.

Ich hatte keine Ahnung, wie spät es war, auf jeden Fall war es noch mitten in der Nacht. Im Stall, in dem wir wie die Sardinen aneinandergepresst lagen, je sieben in einer Reihe, war es stockfinster. Botje lag wie jeden Abend mitten unter uns und schnarchte ungeniert.
Ich musste dringend pinkeln, stand auf und ging barfuß im Pyjama nach draußen. Ich hatte keine Lust, bis zum Donnerbalken zu laufen, einem improvisierten, stinkenden Plumpsklo am Ende des Grundstücks, und schlug mich stattdessen in die Büsche. Es war so kalt, dass der Pissstrahl dampfte.
Draußen zu pinkeln ist herrlich. Vergangene Woche hatte ich noch zusammen mit Jan in den Wassergraben hinter der Gärtnerei von Piet van Vliet gepinkelt. Dabei hatte ich das Lied vom Adler angestimmt, ein Seeräuberlied, das ich in der Grundschule gelernt hatte.

Obwohl Jan auf eine andere Grundschule gegangen war, schien er das Lied ebenfalls zu kennen, denn er hatte sofort angefangen mitzusingen. Da hatten wir also gestanden, zwei pinkelnde Jungen, die sich um nichts und niemanden scherten, und lauthals sangen:

Der mächtige König von Sturm und Wind
ist der Adler groß und herrlich.
Die Vögel zittern und flüchten geschwind
vor dem Jäger mit scharfem Schnabel.
Wenn der Löwe des Nachts seine Stimme erhebt
fürchtet er weder Mensch noch Gewehr.
Ja, wir sind die Herrscher des Waldes,
der Berge und vom Meer.

Von Scham, wie beim ersten Mal, als Jan die Glut mit seiner Pisse gelöscht hatte, und ich keinen Tropfen herausbekam, war keine Rede mehr gewesen.
„Jetzt sind wir richtige Freunde", schoss es mir durch den Kopf. Das Gleiche hatte Jan damals gesagt, als ich ihm eine Ohrfeige verpasst hatte. Ich fühlte mich bei ihm nicht mehr im Abseits. Ich mochte ihn sehr, anders als ich Marijke mochte, aber doch irgendwie auch. Ich mochte ihn sehr und das hatte ich ihm auch zeigen wollen. Ich hatte mein Ober- und Unterhemd ausgezogen, Mädchenbrustwarzen hin oder her, und hatte eine Boxerhaltung angenommen.
„Floyd Patterson", hatte ich gerufen, „Weltmeister im Schwergewicht."
Jan war sofort darauf eingestiegen, er war Ingmar Johansson und wir hatten einander geknufft und geboxt, so fest wir konnten. Der Boxkampf war in einen Ringkampf übergegangen, und schließlich hatten wir vollkommen außer Atem nebeneinander im Gras gelegen und keuchend in den Himmel geschaut.

Ich ging zur Scheune zurück und kroch in meinen Schlafsack. Mit den Armen hinter dem Kopf verschränkt starrte ich eine Weile ins Dunkel. Hier, auf der Ferienfahrt, musste ich vor allem an Jan und Marijke denken, nicht etwa an zu Hause, noch nicht einmal an meine Mutter. Außer eben jetzt gerade, und das war auch nur kurz. Entschuldige Mama.

Ich rutschte etwas tiefer in den Schlafsack. Gingen Marijke und ich jetzt miteinander? Ich traute mich nicht, sie zu fragen, weil ich Angst hatte sie würde sagen: „Wir? Miteinander gehen? Bloß weil wir einmal am Strand zusammen ein Eis gegessen haben? Dafür muss schon ein bisschen mehr passiert sein."

Sie hatte recht. Es gehörte mehr dazu, wenn man miteinander ging, aber was genau, das wusste ich nicht und schon gar nicht, wie ich das anstellen sollte. Hätte ich ihr doch wenigstens eine eigene Ansichtskarte geschrieben. Ich hatte es wirklich vorgehabt, die Karte sogar schon gekauft, so eine Viele-Grüße-aus-Uden-Ansichtskarte, mit einer Kirche, einer Mühle, dem Rathaus und dem Schwimmbad darauf. Aber letztendlich hatte ich sie nur an Jan adressiert. *Grüße von Kees.* Darunter hatte ich eine Sonne gemalt und die Temperatur dazugeschrieben: *21 Grad.*

Vielleicht sollte ich Jan mal fragen: Wie man es hinbekam, mit einem Mädchen zu gehen – selbstverständlich, ohne Marijke dabei zu erwähnen. Ich könnte auch Truus fragen, wenn ich wieder zu Hause war. Na also, jetzt musste ich doch wieder kurz an zu Hause denken.

In der Woche, in der ich weg war, durfte Truus in meinem Zimmer schlafen. Ich hoffte, dass sie nicht herumschnüffeln und die Zigarrenkiste finden würde. Eigentlich war das unmöglich, ich hatte sie gut versteckt.

Ich rollte auf die Seite, zog den Schlafsack über den Kopf und stellte mir vor, dass wir zu dritt hier drin liegen würden. Jan, Marijke und ich. Marijke in der Mitte. Die Heilige Dreifaltigkeit.

23

Wir standen beim Schornstein in der Gärtnerei von Piet van Vliet. Gestern war ich von der Ferienfahrt zurückgekommen und hatte Jan den Schlafsack zurückgebracht. Ich hatte gehofft, Marijke auch zu sehen, aber jetzt war sie in den Ferien, für ein paar Tage bei Verwandten in Friesland.

Wir hatten keine Lust, drinnen zu sitzen, und waren ein Stück gegangen. Ich wäre gern zum Strand gegangen, aber Jan wollte lieber in die Gärtnerei.

„Mal sehen, ob die Bussarde wieder da sind."

Es war Sonntag, in der Gärtnerei war niemand und jetzt, wo die Tomatensträucher aus der Erde waren, wirkte alles kahl und noch verlassener. Es würde nicht mehr lange dauern und die Salatsetzlinge kämen in die Erde. Piet hatte mich gefragt, ob ich beim Eintopfen helfen würde, aber ich hatte abgelehnt. Ich hatte nur noch zwei Wochen Ferien und dann würde das Abschlussjahr in der Schule anfangen. Danach wollte ich auf die Oberrealschule gehen, das hatte ich immer noch vor. Inzwischen hatte ich einen ansehnlichen Betrag zusammengespart, genug, um die Schulbücher bezahlen zu können. Bis zu den Weihnachtsferien würde es reichen und dann würde ich weitersehen. Vielleicht wären bis dahin ja meine Eltern einverstanden und würden sie mitbezahlen.

Jan schaute den Schornstein hinauf. „Man hat den Eindruck, er würde schwanken und gleich umfallen."

„Das kommt durch die Wolken, die vorbeiziehen."

Ich musste an Gunther-holt-sich-einen-runter's Geschichte vom Riesen denken. Gunther hatte die Geschichte vom Sperma-Pietje gehört, seinem schmierigen, alleinstehenden Onkel, der eine Weile lang in einem der für unbewohnbar erklärten Häuser im alten Dorfkern gewohnt hatte. Er hatte kurzerhand ein Haus aufgebrochen und mit einem Pinsel die erste Silbe von

unbewohnbar übermalt. Danach hätten ihn keine zehn Pferde mehr aus dem Haus bekommen, nur noch der Tod und der ließ lange auf sich warten, hatte Gunther erzählt.
„Sperma-Piet stand weit oben auf 'er Liste vom Sensenmann, soviel stand fest, aber immer, wenn der genügend Mut gesammelt hatte, um Pietje zu holen, machte der dann doch rechtsum kehrt. Der Gestank von Piet war selbst dem Tod zu viel.
Piet hätte auch Willi der Wichser heißen können, den ganzen Tach war der am Rubbeln. War seine linke Hand müde, nahm er die rechte und andersrum. ‚Weeste, Gunther', hat der einmal zu mir gesagt, da war ich sieben, glaub ich, ‚uff der Gärtnerei von Van Vliet liegt 'nen Riese verbuddelt. Wussteste nich, wah? Is abba so.' Und eines Tages is' der nich' mehr aufgestanden, tot. Ausgerechnet in dem Moment, wo der 'nen Steifen hatte. Sie haben alles probiert, um den kleinzukriegen, den Steifen mein ich, aber sogar das Eiswasser aus dem Wasserschlauch von 'ner freiwilligen Feuerwehr kriegte den Lummelmann von dem Riesen nicht mehr schlapp. Also blieb denen nix anderes übrig und mussten se den mit dem steifen Schwanz und allem begraben. Und weil dat Winter war, konnten die in dem gefrorenen Boden nich' so tief graben. Also heben se einfach 'nen Schornstein um den Schwanz herum gebaut. Obwohl der Riese maustot war, war sein Samen immer noch quicklebendig. Ab und zu spuckte dann der Schornstein Samen in die Luft, der dann vermischt mit dem Rauch ins Dorf hinunterfiel und der hat dann unter anderem die Witwe Van der Lans mehrmals geschwängert."

Jan nahm Anlauf, sprang hoch, ergriff das erste Tritteisen und versuchte, sich daran hinaufzuziehen.
„Hilf mir doch mal."
„Was hast du denn vor?"
„Nichts Besonderes. Einfach mal gucken. Jetzt hilf mir doch."
Ich drückte Jans Hintern in die Höhe, sodass er ein Bein um

das Tritteisen klemmen konnte. Dann war es ein Leichtes, sich hinaufzuziehen. Als er auf dem Tritteisen stand, wippte er ein paar Mal auf und ab.
„Ist stabil“, sagte er und stieg auf das nächste Tritteisen.
Wollte er etwa bis nach oben klettern? Das gefiel mir ganz und gar nicht.
„Jan!“, rief ich. „Jan, komm runter. Wir sollten doch zusammen gehen!“
„Dann komm doch auch.“
„Jetzt nicht. Es ist taghell. Jeder kann uns sehen.“
Jan kam herunter, vom untersten Tritteisen aus sprang er auf den Boden. Er stellte sich vor mich hin und hob zwei Finger hoch.
„Sprich mir nach: Ich, Kees van Duin …“
Er machte eine Pause, um mir Gelegenheit zu geben, ihm nachzusprechen, was ich brav tat, ebenfalls zwei Finger hochhaltend – an diesen Moment würde ich später noch oft zurückdenken.
Ich hätte niemals schwören dürfen, dass ich, Kees van Duin, zusammen mit Jan Noordermeer an einem noch genau zu vereinbarenden Tag den Schornstein von Piet van Vliet hinaufsteigen würde, mit dem Ziel herauszufinden, ob man von der Spitze aus das Meer sehen könne.
Mit erhobener Hand zu schwören war Kinderkram, etwas für Pfadfinder oder Grundschüler, aber nichts für uns, vor allem aber war es unglaublich dumm, dumm, dumm gewesen. Weshalb ich es trotzdem getan hatte? Weil Jan es wollte und weil ich gehofft hatte, dass der genau zu vereinbarende Tag nie kommen würde.
Aber er kam.

24

Meiner Mutter ging es immer schlechter. Die kurzen Mittagsschläfchen, die ihr der Arzt angeraten hatte, wurden immer länger, bis sie schließlich den ganzen Tag im Bett liegen blieb, unten im Vorzimmer hinter den Schiebetüren. Das hatte es noch nie gegeben. Meine Mutter war nie krank gewesen und die wenigen Male, die sie eine Erkältung oder Fieber gehabt hatte, hatte sie einfach weitergearbeitet.Sie hatte keine Zeit, krank zu sein, und hatte – Kopfschmerzen hin oder her – mit einer sauberen, gestärkten Schürze die Fenster geputzt, den Linoleumboden gebohnert, die Teppiche ausgeklopft, die Wäsche gemacht, den Bürgersteig gefegt, die Socken gestopft, Kartoffeln geschält oder mit einem Staubtuch und Putzlappen durchs ganze Haus geputzt. Es gab immer etwas zu tun, nur sehen musste man es. „Es ist von alleine gekommen, dann wird es auch von alleine weggehen“, hatte sie die seltenen Male gesagt, als sie sich nicht wohlgefühlt hatte. Das konnte man bei einer Erkältung so machen, aber nicht bei einer Schwangerschaft. Ihr bei passender und unpassender Gelegenheit gern zitierter Satz: *Im Bett sterben die meisten Menschen*, wirkte nicht gerade beruhigend auf mich. Ehrlich gesagt, war genau das meine größte Angst, dass sie im Wochenbett sterben würde.
Ich hatte es Jan erzählt, aber das hätte ich besser nicht tun sollen. Anstatt, dass er mich beruhigte, indem er sagte, ich würde mir grundlos Sorgen machen, sagte er, dass es gut möglich wäre, dass Mutter bei der Geburt sterben würde. Aufgrund ihres Alters, denn über vierzig sollte man besser keine Kinder mehr nehmen.
Nehmen? Ein Kind nahm man nicht, ein Kind bekam man. Es war ein Geschenk Gottes.
„Sie hat doch schon sieben“, hatte Jan gesagt. „Warum dann noch ein achtes? Jetzt sag mal ehrlich: Schneewittchen und die acht Zwerge, das klingt doch beschissen?“

„Es ist nicht gesagt, dass es passieren wird“, hatte Jan noch gesagt, „aber angenommen, deine Mutter überlebt die Geburt nicht, dann wäre zu hoffen, dass das Baby ebenfalls den Löffel abgibt. Wer ist schon scharf drauf, sein Leben dem Tod der Mutter zu verdanken? So ein Kind ist als Mörder der Mutter sein Leben lang gezeichnet.“
Zu Hause machte sich vor allem Bertje die größten Sorgen, dass es mit seiner kranken Mutter ein schlimmes Ende nehmen würde. Er fragte immer wieder, ob sie sterben müsse. Ich fragte mich, ob er schon begreifen konnte, dass sie schwanger war. Natürlich war ihm ihr dicker Bauch aufgefallen. Er fragte beim Essen danach, wir aßen mal wieder Spinat, aber niemand war ernsthaft auf seine Frage eingegangen.
„Mama hat Bauchschmerzen“, sagte Vater. „Deswegen liegt sie im Bett.“
„Mama hat einen Ballon verschluckt“, sagte Rinus. „Einen großen, prallen Ballon.“
„Red nicht so ’nen Quatsch“, meinte Truus. „Am Ende glaubt er das noch.“
„Welche Farbe?“, wollte Bertje wissen.
„Rot“, antwortete Rinus, wie aus der Pistole geschossen.
„Und was passiert, wenn er platzt?“
„Päng!“, sagte Rinus.
Bertjes Lippen fingen zu zittern an.
„Bist du jetzt zufrieden, Blödmann?“, sagte Toos.
„Wird Mama dann sterben?“, fragte Bertje mit zitternder Stimme.
Vater schlug mit der Faust auf den Tisch.
„Hier wird niemand sterben“, sagte er. „Und jetzt haltet alle den Mund und esst.“
Bertje fing zu heulen an, woraufhin meine Mutter aufstand, um nachzusehen, was um Himmels willen bei uns am Tisch los war. Sie schob eine der Schiebetüren auf und alle schauten

zu ihr hinüber. Bertje hörte auf zu weinen. Meine Mutter war so weiß wie ihr Nachthemd, sie musste sich am Türrahmen festhalten, um überhaupt stehen zu können. Mein Vater stand auf, ging zu ihr und brachte sie zurück ins Bett.
Wir aßen schweigend unsere Teller leer, dann räumten Toos und Truus den Tisch ab und machten sich zusammen mit Lies an den Abwasch. Rinus spielte mit den Holzklötzen und ich las Bertje und Gerda aus *Jan und sein Luftballon* vor.
Ab und zu schaute ich durch die Glastür ins Vorzimmer, wo Vater bei Mutter auf der Bettkante saß.

Als die Jüngeren im Bett lagen, erzählte Vater Truus und mir, was er mit Mutter an diesem Abend besprochen hatte. Er wollte, dass Mutter das Kind im Krankenhaus bekam, aber das wollte sie nicht. Dann müssten die Kinder aus dem Haus, hatte mein Vater beschlossen, jetzt, solange noch Ferien waren. Bertje und Gerda könnten zu den Nachbarn von gegenüber, den Van Dijks, gehen. Toos und Lies würden zu Oma Van Duin fahren und Rinus könnte bei einem Freund untergebracht werden.
„Und wir?", fragte Truus.
„Du musst zu Hause bleiben", sagte mein Vater. „Du bist das älteste Mädchen. Wir brauchen dich im Haushalt und um für Mama da zu sein. Ich bin tagsüber bei der Arbeit, und wir können sie unmöglich alleine lassen."
„Ich bin auch noch da", sagte ich.
„Ich glaube kaum, dass du hier mit dem Staubtuch durchs Haus gehen wirst", sagte Vater, „oder den Boden schrubbst. Aber wenn du willst, kannst du hierbleiben, du wirst Mutter nicht stören – davon darf ich doch wohl ausgehen?! Du hast ja dein eigenes Zimmer."
„Ich werde morgen Jan fragen, ob ich zu ihnen darf", sagte ich. Und zu Marijke, fügte ich in Gedanken dazu.

25

Marijke war allein zu Hause. Es war schönes Wetter und ihre Mutter war mit Opa Vesuvius spazieren gegangen, damit er auch mal vor die Tür kam. Wo Jan war, wusste Marijke nicht, und auch nicht, wann er zurückkommen würde.

„Möchtest du auf ihn warten?"

Ich nickte.

„Dann komm doch herein."

Marijke ging voraus ins Wohnzimmer. Sie war barfuß und hatte einen honiggelben Sommerrock und eine ärmellose weiße Bluse an.

Im Wohnzimmer lief Musik, und sie zeigte mir die Plattenhülle, auf der ein lachender Mann mit Hut abgebildet war, der einem zuzwinkerte.

„Frank Sinatra", las ich.

„Frank? Fränk!", verbesserte mich Marijke. „Er kommt aus Amerika, Frank Sinatra. Kennst du ihn nicht? Er ist auch ein Filmstar."

„Zu Hause haben wir keinen Plattenspieler", sagte ich. „Entschuldige."

„Dafür brauchst du dich doch nicht zu entschuldigen."

„Entschuldige", sagte ich noch einmal.

Marijke lachte, sie dachte, dass ich das mit Absicht gemacht hätte, um witzig zu sein. Ich beließ es dabei.

„Gefällt dir die Musik?", fragte sie, während sie mitsummte. „Tolle Stimme, nicht wahr?"

Das Lied war zu Ende.

„Jetzt kommt *Cheek to Cheek*. Wegen dieses Liedes habe ich die Platte gekauft. Ich habe es im Radio gehört, beim Essen, und ich konnte einfach nicht sitzen bleiben. Ich musste tanzen."

„*Heaven, I'm in Heaven*", sang sie mit. Sie sprang auf und tanzte

durchs Zimmer, als ob ich nicht da wäre. Oder tanzte sie, gerade weil ich da war?
Blödmann, natürlich tanzt sie für dich, oder siehst du hier im Zimmer noch jemand anderen? Also! Steh auf, mach was. Bleib nicht wie ein schlaffer Sack auf dem Stuhl sitzen. Steh auf und leg den Arm um sie. Tanz mit ihr, *Cheek to Cheek*. Der Sänger aus Amerika, dieser ‚Fränk', der hatte recht: Das hier war der Himmel. *Heaven, I'm in Heaven*. Jetzt tu doch endlich was, du Pappnase!
Ich wollte alles Mögliche tun und am liebsten alles zugleich. Marijke umarmen und sie küssen, so wie ich sie nachts in Gedanken küsste, wenn ich das Gesicht ins Kopfkissen drückte und ihren Namen flüsterte: *Gegrüßet seist du, Marijke.*
Ich wollte aufstehen und sie ausziehen, bis sie nackt vor mir stand. Dann würde ich mich vor sie hinknien und ihren ganzen Körper küssen, angefangen bei den rot lackierten Zehennägeln. Jeden einzelnen Nagel würde ich küssen und mich von dort nach oben arbeiten, keine Stelle ihres Körpers würde unberührt bleiben.
Das war, was ICH wollte, aber mein Körper schien anderer Meinung zu sein. Ich war lediglich imstande, still dazusitzen und Marijke anzuschauen, wie sie in ihrem honiggelben Sommerrock auf nackten Füßen durchs Zimmer schwebte, dabei die Gardinen streifte, die vor dem offenen Fenster hingen und vom Wind sanft ins Zimmer geweht wurden, um den Tisch mit der Obstschale herum, gefüllt mit Äpfeln und Kirschen so rot wie ihre Lippen und Zehennägel. Marijke war die Sonne, wo ihre Füße den Boden berührten, erstrahlte alles. Bitte tanz weiter, flehte ich, und Marijke tanzte weiter.
Zwei Minuten fünfundzwanzig dauerte das Stück, das hatte ich später auf der Plattenhülle nachgelesen. Zwei Minuten fünfundzwanzig? Unmöglich. Solange Marijke tanzte, war ich in der Ewigkeit, in der Minuten und Sekunden nicht existierten. Erst, als das Lied zu Ende war, und Marijke zu tanzen aufhörte,

fing die Zeit wieder an zu laufen. Aber es dauerte nicht lange, und Marijke öffnete die Tür zur Ewigkeit erneut.

„Du weinst", sagte sie.

Ja, ich weinte. „Auf keinen Fall entschuldigen jetzt", dachte ich. Marijke kniete sich vor mich hin, nahm meinen Kopf in die Hände und leckte mit der Zunge meine Tränen auf.

„Lecker", sagte sie. „Aber was schmecke ich da? Kummer?"

„Glück", sagte ich.

Sie stand wieder auf und zog mich vom Stuhl.

„Bleib hier stehen", sagte sie.

Sie ging zum Plattenspieler, legte den Tonarm auf *Cheek to Cheek*, kam zurück und schlang die Arme um mich. Ich machte es ihr nach, und dicht aneinandergeschmiegt wiegten wir uns langsam zur Musik durchs Zimmer.

„*Heaven, I'm in Heaven*", sang Marijke und küsste mich voll auf den Mund. Mit der Zunge drückte sie meine Lippen auseinander. Passierte das wirklich?

Ich stellte mir vor, dass ich genau wie eben auf dem Stuhl saß und sprachlos zusah. Es war kein Traum, sondern Wirklichkeit: Da im Zimmer stand Kees van Duin – das bin ich! Ich! Ich! – und küsste Marijke Noordermeer.

Marijke legte den Tonarm noch einmal auf den Anfang ihres Lieblingsstückes, das jetzt auch mein Lieblingsstück war.

Fränk sang, Marijke summte mit und ich streichelte ihren Rücken, die Hände unter ihrer Bluse, wo ich mich auf die Suche nach dem BH-Verschluss machte.

„Frechdachs", sagte sie. „Mach weiter, mach weiter, aber nicht hier." Sie nahm mich bei der Hand, zog mich die Treppe hinauf in ihr Zimmer, wo sie die Bluse aufknöpfte. Marijke trug den gleichen BH, den ich vor einer Weile in Jans Zimmer angehabt hatte. Marijke wüsste Bescheid, hatte er damals gesagt.

„Nun mach schon", sagte Marijke. „Oder willst du sie nicht sehen?"

Ich zog ihr die Bluse aus und öffnete den BH-Verschluss.
„Hübsch?“, fragte sie.
Ich nickte.
„Nicht wieder zu weinen anfangen“, sagte sie schelmisch. Sie packte meine Handgelenke und legte meine Hände auf ihre Brüste. Verrückt, aber ich musste dabei sofort an das Taubenpärchen der Nachbarn, der Familie Van Dijk denken, bei denen Bertje und Gerda zurzeit untergebracht waren. Vor Kurzem durfte ich nämlich die Tauben festhalten und so selbstverständlich, wie ich sie damals gestreichelt hatte, so selbstverständlich streichelte ich jetzt Marijkes Brüste. Sie schloss die Augen und seufzte. Da hörten wir, wie unten die Haustür geöffnet wurde. Marijke blieb in ihrem Zimmer, ich ging nach unten.
Es war Jan.
„Marijke hat mich reingelassen“, sagte ich.
„Gut, dass du da bist“, sagte Jan. „Das Näher-zu-bestimmende-Datum steht fest: Am Sonntag ist es so weit.“

26

Jan war schon da. Er lehnte am Geländer der Wit-Brücke, hier hatte ich zum ersten Mal mit ihm gesprochen. Mit Marijke übrigens auch. Marijke, die noch immer barfuß durch meine Gedanken tanzte.
Anscheinend sah mir niemand an, was vor ein paar Tagen passiert war ... Noch nicht einmal meine Mutter hatte es bemerkt, na ja, die hatte natürlich anderes im Kopf, oder besser: im Bauch. Mein Brüderchen oder Schwesterchen konnte jetzt jederzeit geboren werden. Es hätte eigentlich schon da sein müssen. Sollte es noch länger dauern, dann müsste Mutter doch ins Krankenhaus und das Baby würde mit einem Kaiserschnitt geholt werden.
Gestern Abend hatte ich noch eine Weile an ihrem Bett gesessen. Sie fragte mich, ob ich froh sei über mein eigenes Zimmer.
„Sehr froh", sagte ich.
„Wolltest du deswegen nicht bei Jan bleiben?"
Meine Mutter merkte mir wirklich nichts an. Normalerweise konnte sie an der kleinsten Gesichtsregung erkennen, wie man sich fühlte: Ob man sauer war, fröhlich, traurig oder froh.
Und ich war froh, und wie! Obwohl froh nicht das richtige Wort war. So wie ich mich fühlte, dafür musste erst noch ein Wort erfunden werden.
Marijke hatte mich berührt und in mir ein Feuer entfacht, so wie das brennende Herz von Jesus, mit dem Unterschied, dass Jesus der König aller Herzen war und mir ein einziges schon genügte: das von Marijke.
Marijke war Glück und ich war krank. Krank vor Glück wegen ihrer Augen, ihrer kirschroten Zehennägel, ihres Mundes und ihrer Zunge und ihrer weißen Taubenbrüste, die sie mir erlaubt hatte zu halten und zu streicheln – einfach so.

Als ich diesen Abend zu Bett ging, hätte ich mich beinahe Truus anvertraut und ihr von Marijke und mir erzählt; dass ich verliebt war und ein Mädchen geküsst hatte, aber dann hatte ich es doch nicht getan. Derzeit wollte ich Marijke noch für mich alleine haben. Natürlich würde ich es Jan bei Gelegenheit erzählen, wenn es Marijke nicht schon getan hatte.
Marijke und ich, wir haben keine Geheimnisse voreinander, hatte Jan gesagt, damals an dem Nachmittag, als er mit dem BH ankam. Ich erinnerte mich, dass ich in dem Moment kurz eifersüchtig auf ihn gewesen war. Ich wollte Jan sein, der Zwillingsbruder von Marijke, und mich neben sie ins Bett legen, die Bettdecke über uns und Arme und Beine so eng ineinander verschlungen, als wären wir ein einziger Körper.

„Du kommst spät", sagte Jan. Er zündete sich eine Zigarette an, ich wollte auch eine haben.
„Nervös?"
Ich stritt es ab, sagte, dass ich einfach Lust auf eine Zigarette hätte, aber er hatte recht: Ich fand dieses blöde Versprechen, das wir einander gegeben hatten, einfach bescheuert. Was wollten wir denn damit beweisen? Dass wir keinen Schiss hatten und uns alles trauten? Ich wusste nicht, ob ich mich trauen würde, verlor aber wohlweislich kein Wort darüber.
Zu Hause dachten sie, dass ich in der Kirche sei, in der Frühmesse um sieben Uhr. Ehrlich gesagt, wäre ich da liebend gerne gesessen, viel lieber als einen dreiundzwanzig Meter hohen Schornstein hinaufzuklettern.
Auf dem Weg zur Wit-Brücke hatte ich gezögert, ob ich dem einladenden Kirchengeläut nachgeben und Jan vergeblich auf mich warten lassen sollte. Hinterher hätte ich dann ja sagen können, dass ich verschlafen hätte, oder besser noch, dass ich zu Hause nicht weggekonnt hätte, weil meine Mutter mich gebraucht hätte. Aber das wäre bloß ein kurzer Aufschub der

Exekution gewesen: Jan würde erneut mit einem Näher-zu-bestimmenden-Datum ankommen.
„Komm, wir gehen“, sagte Jan, und wir gingen den Kohlenpfad entlang, der zur Gärtnerei von Piet van Vliet führte. Plötzlich blieb er stehen und legte einen Arm um meine Schulter.
„Marijke“, sagte er.
Was sollte das bedeuten? Wusste er etwa von Marijke und mir? Und wenn ja, was hielt er davon? War er vielleicht sauer, dass ich mit seiner Schwester ...?
„Marijke ist in dich verknallt.“
„Hat sie das gesagt?“
„Und du? Bist du auch in sie verknallt?“
Ich nickte.
„Habt ihr euch geküsst?“
„Ein bisschen.“
„Was ist das denn für eine lahme Antwort? Habt ihr euch jetzt geküsst oder nicht?“
„Jaaa!“, sagte ich.
Jan legte auch den anderen Arm um meine Schulter.
„Dann sind wir jetzt nicht nur Freunde, sondern Brüder.“
Er zog mich zu sich heran, umarmte mich, so wie meine Fußballkameraden mich umarmten, wenn ich ein Tor geschossen hatte. Er klopfte mir dabei ein paar Mal auf den Rücken und ließ mich dann wieder los.
„War's gut?“, fragte er.
„Was meinst du?“
„Das Küssen, war es gut?“
„Es war wunderbar.“
„Schön“, sagte er. „Dann habe ich ja nicht umsonst mit ihr geübt. Sollen wir gehen?“
Wie bitte? Hatte ich richtig gehört, hatte Jan *geübt* gesagt? Hatte er Marijke geküsst? Seine Schwester? Wann denn? Früher, als sie noch klein gewesen waren und in einem Zimmer

geschlafen hatten, oder erst vor Kurzem? Etwa so, wie er mir beigebracht hatte, einen BH zu öffnen?
Ich traute mich nicht, danach zu fragen. Schweigend gingen wir weiter, bis wir bei der Gärtnerei ankamen. Wir gingen am zugenagelten Haus von Piet van Vliet und an der Scheune vorbei, dann blieben wir vor dem Schornstein stehen.
Jan sah an den Tritteisen hinauf.
„Ich bin gespannt", sagte er. „Du auch?"

27

Ich stand am Fuß des Schornsteins und schaute hinauf zu Jan, der inzwischen bis zur Mitte geklettert war. Wir wollten zusammen hinaufsteigen, so hatten wir es abgemacht, aber letztlich ließ ich ihn alleine gehen.
Wie beim ersten Mal hatte ich ihm geholfen, damit er auf das erste Tritteisen hinaufkam, von wo aus er mich hochziehen sollte. Aber das klappte nicht, oder besser gesagt, sorgte ich dafür, dass es nicht klappte. Ich machte mich so schwer wie möglich, so lange, bis Jan mich nicht mehr halten konnte und ich rücklings auf den Boden fiel.
Ich setzte mich auf, rieb mir mit schmerzverzerrtem Gesicht den Rücken. Ich tat, als ob ich große Schmerzen hätte. Ich hatte aber gar nichts.
„Geht's?“, fragte Jan.
„Mein Rücken …“, antwortete ich. „Hast du mich absichtlich fallen lassen?“
„Wie kommst du denn da drauf?“
„Was weiß ich.“
„Steh auf, dann versuchen wir's noch mal, aber dann musst du dir mehr Mühe geben.“
„Ach, es ist also meine Schuld?!“
„Was hast du denn auf einmal?“
„Gar nichts, bloß wahnsinnige Rückenschmerzen. Geh ruhig allein.“
„Wir wollten zusammen hinaufklettern.“
Umständlich stand ich auf und dachte nach. Warum konnte ich nicht ehrlich zugeben, dass ich Angst hatte? Wir waren doch Freunde, Jan und ich? Und Freunden gegenüber konnte man doch ehrlich sein? Außerdem ließ man Freunde nicht im Stich.
Jan schien meine Gedanken erraten zu haben.

„Hast du Schiss?“, fragte er.
Ich antwortete nicht.
„Macht nichts.“ Er streckte die Hand aus. „Komm“, sagte er, „vertrau mir.“
Ich ergriff seine Hand und ließ mich hochziehen.
„Los geht's, Bruder“, sagte Jan. „Klettere mir einfach hinterher. Und nicht nach unten schauen.“
Nach ein paar Tritteisen blieb ich stehen, über mir hörte ich Jan das Seeräuberlied singen: *Der mächtige König von Sturm und Wind ...*
Wieso mächtiger König von Sturm und Wind?
„Jan!“, rief ich.
Er hörte mich nicht. Jedenfalls reagierte er nicht. Unbeirrt sang er sich die Tritteisen hinauf, Richtung Schornsteinspitze. Ich sah über die Schulter nach unten. Ich war höchstens fünf Meter vom Boden entfernt, von hier aus schaffte ich es noch problemlos nach unten. Noch ein paar Meter höher und ich würde mich das nicht mehr trauen.
Erneut rief ich Jan, wieder erfolglos. Würde er es mitbekommen, wenn ich umkehren würde?
Es tut mir leid, Jan, ich bin ein Waschlappen. Ich habe Angst und mach mir in die Hose. Du darfst mich nachher auslachen und Feigling nennen. Denn du hast recht, das bin ich. Ich mache einen Rückzieher und klettere nach unten. Ach, hinterher wirst du stolz sein, dass du dich als Einziger getraut hast, bis ganz nach oben zu klettern. Du bist ein Adler und ich eine ängstliche Maus. Tut mir wirklich leid, Jan.
Kurz danach ließ ich mich vom untersten Tritteisen auf den Boden fallen, ging ein paar Schritte zurück und sah, die Hand an der Stirn, nach oben, wie Jan die Spitze des Schornsteins erreichte. Er schaute einen Moment in die Ferne und dann nach unten.

„Jan“, rief ich.
Er sah zu mir, rief etwas, aber ich konnte ihn nicht verstehen.
„Ich kann das Meer sehen“, hatte er das gerufen?
Er ließ eine Hand los und winkte, triumphierend, und dann sah ich ihn fallen.

28

Wie lange dauert ein Fall aus dreiundzwanzig Metern Höhe? Ein paar Sekunden – höchstens. Jans Fall schien endlos zu dauern, als ob man die Zeit auseinandergezogen hatte, sie schließlich stillstand und ich ein Foto anschaute, auf dem Jan zu sehen war, der reglos zwischen Himmel und Erde schwebte.

Solange er dort schwebte, war noch nichts passiert und würde ich seinen Fall noch rückgängig machen können: Allmächtiger Gott im Himmel, ich flehe dich an: Bitte mach aus diesem Fall einen Segelflug, und ich verspreche dir, dass ich abends im Bett nie mehr ... und auch nie mehr Marijkes Brüste ... ich flehe dich an: Bitte lass Jan ganz sanft neben mir auf dem Boden landen.

Mit einem dumpfen Ploff schlug Jan auf. Aus dem Mund und den Ohren kam Blut. Sein Kopf war zertrümmert und er hatte sich in die Hose gepinkelt.

„Jan“, rief ich. „Jan, du Scheißkerl! Sag was.“

Da lag nicht Jan, er war es nicht, nicht mehr. Dort lag ein Körper, ein Nicht-Jan-Körper, er selbst war verschwunden. Sein Zigarettenpäckchen war aus der Hemdtasche gefallen. Ich hob es auf und steckte es ein. Ich rannte zum Wassergraben. Ich musste mich übergeben. Aus dem Schilf kam sofort ein Karpfen angeschwommen.

Ich schöpfte eine Handvoll Wasser und spülte mir den Mund aus. Ich traute mich nicht mehr, zu Jan zurückzugehen. Ich musste hier weg: Es ist nichts passiert, es ist nichts passiert!

Ich rannte nach Hause, in mein Zimmer, setzte mich an den Tisch und zündete mir eine Zigarette aus Jans Päckchen an. Hast du das gesehen, Jan? Ich kann’s auch! Ringe blasen. Es lebe Opa Vesuvius!

Ich rauchte die Zigarette zu Ende, und danach packte ich die Umschläge meiner Schulbücher in Schutzpapier ein: Es ist nichts passiert, es ist nichts passiert!

In einer Woche würde das neue Schuljahr anfangen und würde mein Bruder Jan in meine Klasse kommen, neben mir sitzen. In der Abschlussklasse seiner neuen Schule: *Die Heilige Familie*. Am Ende des Schuljahres würden wir unseren Abschluss machen, würde ich zur Oberrealschule gehen und Jan im Geschäft seines Vater anfangen: *Photographie Noordermeer & Sohn*.
Es ist nichts passiert, es ist nichts passiert!

29

Piet van Vliet hatte ihn am Sonntagnachmittag gefunden, als er in die Gärtnerei gegangen war, um die Gewächshausfenster zu öffnen. Die Nachricht verbreitete sich wie ein Lauffeuer durchs ganze Dorf und erreichte schnell unser Haus. Der Nachbar hatte es meinem Vater erzählt.
„Hast du's schon gehört, Van Duin? Von dem Jungen von Noordermeer, dem Fotografen? Der ist tot, gestürzt, in der Gärtnerei von Piet van Vliet. Er lag am Fuß des Schornsteins. Muss sofort tot gewesen sein. Soll wohl furchtbar ausgesehen haben."
Mein Vater überbrachte die Nachricht zu Hause: „Jan ist tot."
„Was?!", rief ich. „Was?!"

„Jan ist tot", wiederholte mein Vater.
Mutter fing zu weinen an. „Er ist vor Kurzem noch hier gewesen, so ein netter Junge. Sein Opa hat damals unser Hochzeitsfoto gemacht."
Ich war wirklich erschrocken, als ob es jetzt, wo mein Vater es mir mitgeteilt hatte, erst Wirklichkeit geworden war.
Jan ist tot.

30

Die Haustür der Noordermeers war nur angelehnt, ich ging leise hinein. Jan war im Wohnzimmer in einem geschlossenen Sarg aufgebahrt, überall standen Gäste. Jans Vater saß mit gesenktem Kopf auf einem Stuhl, direkt neben dem Sarg. Marijke stand neben ihm und hatte die Arme um seine Schultern geschlungen.

Ich ging zu ihnen.

„Papa, Kees ist da."

Jans Vater hob den Kopf. Er hatte geweint, seine Augen waren gerötet. Ich hielt ihm die Hand entgegen, er ergriff sie.

„Mein herzliches Beileid."

Jans Vater brummte etwas und ließ den Kopf wieder sinken. Dann gab ich Marijke die Hand. „Mein herzliches Beileid. Dir natürlich auch."

Vor noch nicht einmal einer Woche hatte ich mit ihr getanzt, und wir hatten uns geküsst und jetzt schüttelte ich ihr die Hand, um ihr mein Beileid auszusprechen.

„Es tut mir leid", sagte ich noch.

Jans Mutter kam aus der Küche, sie trug ein Tablett mit Kaffee und Plätzchen.

„Kees!", sagte sie. Sie stellte das Tablett auf dem Sarg ab und umarmte mich.

„Kees! Kees, armer Junge", sagte sie, wuschelte mir in den Haaren und fing schluchzend zu weinen an.

„Mistkerl, verdammter!"

Opa Vesuvius stand im Türrahmen, es war ihm gelungen, aus seinem Zimmer zu entkommen. Augenblicklich verstummten alle Gespräche. Marijke brachte ihren Opa zurück auf sein Zimmer. Ich befreite mich aus der Umarmung von Jans Mutter, und eine Tante kam schnell hinzu, ergriff sie am Arm und führte sie in die Küche.

Langsam wurden die Gespräche wieder aufgenommen, neue Gäste kamen herein, andere verabschiedeten sich. Ich wollte ebenfalls gehen. Marijke brachte mich zur Tür.
„Tschüss, Kees“, sagte sie.
„Sag es“, dachte ich. „Sag ihr, dass du mit Jan zusammen den Schornstein hinaufklettern wolltest. Sag ihr, dass du es geschworen hattest: Ich, Kees van Duin, schwöre ... und so weiter und so fort. Sag ihr, dass deine Versprechen nichts wert sind. Dass sie besser einen großen Bogen um dich machen soll, dass du ein feiger Schisser bist. Sag ihr, dass du ihren Bruder tot im Gras hast liegen lassen. Dass du nach Hause gerannt bist und getan hast, als ob du von nichts gewusst hättest. Sag's schon, Feigling. Na sag's endlich.“
Ich sagte nichts.
Ich ging nach Hause.

31

Meine Mutter hatte Truus gebeten, mich auf Jans Beerdigung zu begleiten. Aber ehrlich gesagt, wäre ich lieber alleine gegangen.

„Und was ist, wenn in der Zeit das Baby zur Welt kommt?"

„Das wäre aber ein großer Zufall."

Wir bekamen Geld für die Kollekte, und in Begleitung meiner Schwester ging ich zur Kirche. Wir setzten uns ins Mittelschiff und nicht ins Seitenschiff, wie Truus vorgeschlagen hatte: „Dann können wir besser sehen."

Es gibt nichts zu sehen, hatte ich zu ihr gesagt, und außerdem wollte ich auch gar nichts sehen. Den Sarg nicht, Jans Eltern nicht und auch Marijke nicht. Ich hatte ihren Sohn und Bruder im Stich gelassen und wagte es nicht, ihnen unter die Augen zu treten. Am liebsten wäre ich gar nicht zur Beerdigung hingegangen.

Ich hätte am Sonntag, als ich von Jan weggerannt war, nicht nach Hause, sondern im Gegenteil von zu Hause weglaufen sollen, ganz egal wohin, Hauptsache weg, weg, weg. Aber dafür war es jetzt zu spät, jetzt musste ich das tun, was man von mir erwartete: In die Kirche gehen und Jan beerdigen.

Der Gottesdienst war fast zu Ende. Kaplan Van Geelen sprenkelte Weihwasser auf den Sarg und schwenkte danach das Weihrauchfass. Der schwere, bedrückende Geruch erfüllte die Kirche.

Der Chor fing an *Bleib bei mir* zu singen, während sich der Kaplan und die Messdiener im Mittelgang aufstellten.

Kaplan Van Geelen war fertig mit der Messe; er hatte eine Predigt gehalten, aber ich konnte mich nicht mehr an sie erinnern. Das Einzige, was ich verstanden hatte, war, dass Gott Jan zu sich gerufen hatte. Ich hatte mich hingekniet, wenn alle sich hingekniet hatten, ich war aufgestanden, wenn alle aufgestanden waren, ich hatte rechtzeitig die Hände gefaltet und alle

Gebete gedankenlos mitgemurmelt: *Mea culpa, mea culpa, mea maxima culpa.*

Ich fühlte nichts und ich musste auch nicht weinen, noch nicht einmal, als ich in einem stillen Moment Marijke lauthals schluchzen hörte.

Die Gemeinde stand auf und schloss sich den Trauernden hinter dem Sarg an, der langsam durch den Mittelgang gefahren wurde. Auf dem Sargdeckel lag ein Blumengesteck von Jans Eltern, *Ruhe sanft, lieber Jan,* und ein Kranz des Vereins der Gewerbetreibenden aus dem Ort, mit zwei schwarzen Schleifenbändern und goldener Schrift *R.I.P.*

Marijke ging zwischen ihren Eltern, gefolgt von der Verwandtschaft; Opa Vesuvius hatten sie zu Hause gelassen. Danach folgten die Nachbarn und Bekannten. Piet van Vliet war ebenfalls gekommen, genau wie Gunther-holt-sich-einen-runter. Ich sah niemanden in unserem Alter. Jan hatte keine Freunde.

Ich war sein Freund.

Der Küster öffnete die Kirchentür, ein breiter Streifen Sonnenlicht fiel herein. Obwohl es noch Morgen war, war es bereits brütend heiß, einer der letzten schönen Sommertage mit Temperaturen von bis zu neunundzwanzig Grad, wie der Wetterbericht vorhergesagt hatte.

„Du brauchst nicht mit zum Friedhof zu gehen, wenn du keine Lust hast", sagte ich zu Truus.

„Gehst du denn nicht hin?"

„Doch schon, natürlich gehe ich."

„Dann gehe ich auch."

Der Trauerzug bog rechts ab über die Brücke, wo der Kanal eine scharfe Kurve Richtung Auktionshalle machte, in der das Gemüse versteigert wurde. Dort unter der Brücke blieb immer wieder mal ein Auktionsschiff stecken, weil der Kapitän die Kurve falsch eingeschätzt hatte. Hinter der Auktionshalle lag

der römisch-katholische Friedhof Sankt Joseph, ein Fußweg von einigen hundert Metern. Ein Polizist ging vor dem Trauerwagen her und regelte den Verkehr. Radfahrer stiegen ab und Fußgänger blieben stehen, machten ein Kreuzzeichen, nahmen die Mütze ab.
„Lass deine Krawatte in Frieden", sagte Truus.
„Ich ersticke noch. Ist dir etwa nicht heiß?"
„Dann zieh das Jackett aus."
„Das geht doch nicht."
Von den Trauernden drehte sich jemand vorwurfsvoll nach uns um. Schweigend gingen wir weiter. Nicht mehr lange, und es war vorbei.

Jan hatte eine Stelle in der Nähe der Kindergräber bekommen. Schweigend segnete Kaplan Van Geelen das Grab und schwenkte das Weihrauchgefäß. Dann betete er das Vaterunser und die Sargträger ließen den Sarg langsam ins Grab hinab. Jans Vater fluchte, seine Mutter rief: „Jan, meine lieber Jan, mein Junge", und Marijke schluchzte herzzerreißend.
Der Kaplan nahm ein Schäufelchen voll Erde und während er *Aus der Erde bist du gekommen und zu Erde sollst du werden* sagte, warf er die Erde auf Jans Sarg. Danach waren die Verwandten an der Reihe.
Bei jedem Ploff, mit dem die Erde auf dem Sarg landete, musste ich an letzten Sonntag denken, an das Geräusch, das ich gehört hatte, als Jan auf dem Boden aufgeschlagen war.
Als einer der Letzten warf auch ich etwas Erde auf den Sarg. Ploff!

32

Zufall? Es gibt ihn: Während Jan beerdigt wurde, kam mein kleiner Bruder zur Welt – als ob Jan hätte Platz machen müssen für ihn: Leonardus Adrianus Maria van Duin, Rufname Leo. Einer rein, einer raus.

Sein Geburtsdatum würde mich ein Leben lang an diesen brütend heißen Augusttag erinnern, den Tag von Jans Beerdigung. Der Arzt kam gerade aus dem Haus, als Truus und ich von der Beerdigung zurückkamen. Die Hebamme war schon gegangen, sie musste zur nächsten Geburt und wurde bei uns auch nicht mehr gebraucht, wir hatten eine Familienbetreuung bekommen.

„Schaut euch das Baby ruhig an", sagte die Betreuerin. Sie hieß Bab.

Leos Wiege stand neben dem Klappbett. Mein Vater hatte die Wiege eigenhändig gebaut, als meine Mutter schwanger gewesen und mich erwartete hatte. Ich war der Erste gewesen, der darin gelegen hatte, Leo würde wohl der Letzte sein.

Er schlief, erschöpft von der Geburt.

„Wie süß", sagte Truus. „Und so klein. Hallo Leo."

Über der Wiege, an der Himmelstange, baumelte ein Kreuz, das vor Krankheit und Unheil schützen sollte. Bis jetzt mit Erfolg: Leo hatte weder das Downsyndrom, noch war meine Mutter während der Geburt gestorben.

„Hallo Kees", sagte Mutter. „Was für ein merkwürdiger Tag, nicht wahr? Hätte dein Bruder nicht ein paar Tage warten können, um auf die Welt zu kommen?"

Wir ließen die beiden allein, auch Mutter war erschöpft und sollte schlafen. Truus warf noch einen letzten Blick auf ihr Brüderchen, dann zogen wir die Schiebetüren hinter uns zu und setzten uns an den Wohnzimmertisch, zu Vater, Oma und der Nachbarin Van Dijk. Sie hatte meinen Vater bei der Arbeit in der Gärtnerei angerufen. Er war sofort auf sein Mofa gesprun-

gen und nach Hause gefahren. Als er durch den Hintereingang das Haus betrat, kam ihm die Hebamme entgegen: „Herzlichen Glückwunsch, Herr Van Duin, es ist ein Junge. Das haben Sie schön aufgeteilt: vier Mädchen und vier Jungen."
„Wenn ich meine Kaffeetasse leergetrunken habe", sagte mein Vater, „fahre ich gleich zum Rathaus, melde Leo an und dann fahre ich weiter zu meiner Mutter. Hast du Lust mitzukommen, Kees?"
Ich hatte zu überhaupt nichts Lust, ich wollte in Ruhe gelassen werden. Als ich aufstehen wollte, um auf mein Zimmer zu gehen, fing Oma ein Gespräch mit mir an. Zuerst stellte sie ganz beiläufige Fragen über die Schule, wann die wieder anfangen würde und ob ich glaubte, die Abschlussprüfungen zu bestehen, ach bestimmt, denn ich sei ja ein sogenanntes Ass in der Schule, und wenn ich später Minister werden würde, so kann's gehen, dann würde sie das gar nicht wundern. Aber dann kam das Gespräch, wenn man es denn überhaupt ein Gespräch nennen konnte, auf Jan, das war doch ein Noodermeer, vom Fotografen, ein Zwilling, oder täusche sie sich da, und ob ich denn nun verstehen könne, was so ein Junge da oben auf dem Schornstein zu suchen habe, da müsse man sich doch nicht wundern, wenn was passieren würde, oh Gott, sie wäre ja so froh, dass ich nicht auf so dumme Gedanken käme.
Bis dahin hatte ich alles stoisch ertragen, ins eine Ohr rein, ins andere raus, aber als sie das sagte, da war's plötzlich aus. Die Ellenbogen auf den Tisch gestützt, beugte ich mich vor, bis dicht vor Omas Gesicht.
„Du bist doch eine total blöde Kuh!", rief ich, und bevor mir mein Vater eine Ohrfeige verpassen konnte, sprang ich auf und rannte in mein Zimmer. Ich schloss die Tür ab und steckte mir eine von Jans Zigaretten an. Langsam bekam ich die Kontrolle über meinen Körper zurück.
Ich hatte meine Oma eine blöde Kuh genannt! Es tat mir nicht

leid, sie WAR eine dumme Kuh und ich war wütend auf sie, aber noch wütender war ich auf mich.
Ich, Kees van Duin, war ein feiger Hund. Ich hätte eine Strafe verdient, eine Strafe, die schwerer wog als die Ohrfeige, die mir Vater dort unten gerade noch hatte geben wollen.

33

Ich habe mich bei meiner Oma entschuldigt: Tut mir leid, Oma, ich hab's nicht so gemeint. Aber das hatte ich nicht sofort getan, sondern erst ein paar Tage später. Ich tat es an dem Tag, an dem ich mich ohne ein Wort zu sagen wieder an den Frühstückstisch setzte, auf meinen Platz am Tischende, gegenüber von meinem Vater. Mein Platz war frei geblieben, als ob sie gewusst hätten, dass ich mich früher oder später wieder zu ihnen setzen würde. Die meiste Zeit hatte ich auf dem Bett gelegen und versucht, an nichts zu denken.

Verschwendete Zeit!

Ich hatte mit Jan Gespräche geführt, chaotische Gespräche, die von einem Thema zum anderen sprangen: Erst waren wir wütend aufeinander, dann fielen wir uns in die Arme, wie wir es auf dem Kohlenweg zur Gärtnerei gemacht hatten, als er mich seinen Bruder nannte.

Und immer wieder, immer wieder aufs Neue sah ich, wie Jan fiel, ploff, auf den Boden und dann hörte ich Marijke schluchzen, seinen Vater fluchen und seine Mutter verzweifelt *Jan, mein lieber Jan, mein Junge* rufen.

Und ich konnte Opa Vesuvius hören: *Mist, Mist, Mistkerl!* Opa kann nichts dafür, hatte Jans Mutter gesagt. Opa ist dement.

Ich wollte die Zeit zurückdrehen. Bei den Filmvorführungen im Gemeindesaal machten sie das ja auch, wenn nach dem Ende des Films die Spule zurückgedreht wurde und Dick und Doof in rasantem Tempo ein demoliertes Auto Stück für Stück wieder zusammensetzten.

Könnte man das mit Jans Sturz nicht auch machen? Sein Blut zurück in Nase und Ohren laufen lassen, das Loch im Kopf sich wieder schließen lassen und ihn rückwärts auf den Schornstein springen und die Tritteisen nach unten klettern lassen, um schließlich quicklebendig neben mir auf dem Boden zu stehen?

Von da aus würde die Zeit wieder vorwärts laufen, aber die Ereignisse würden eine fröhlichere Wendung nehmen.
Jan würde mich ansehen und sagen, dass er nur einen Scherz gemacht habe. Wir würden natürlich NICHT den Schornstein hinaufklettern. Er habe eine viel bessere Idee und fing an sich auszuziehen. Ich verstand sofort, was er vorhatte, schüttelte die Schuhe von den Füßen und knöpfte die Hose auf.
„Lauf!“, rief Jan als wir als Letztes die Unterhosen ins Gras warfen. „Lauf, mein Bruder!“
Wo sie plötzlich herkam, wusste ich nicht, aber auf einmal lief sie zwischen uns.
Marijke! Unsere Schwester.
Über uns am Himmel drehte der Bussard, der Jan von der Schornsteinspitze aus beobachtet hatte und von dem Jan gerne gewusst hätte, was er dachte, seine Kreise. Er drehte den Kopf zu uns, um besser sehen zu können, was da unter ihm passierte. Ja, er sah ganz richtig: Dort rannten wir, Jan, Kees und Marijke, die Heilige Dreifaltigkeit, splitterfasernackt über die Wiese.
Es war zu schön, um wahr zu sein, und es war auch nicht die Wahrheit. Die Heilige Dreifaltigkeit gab es nicht mehr.
Jan war tot.
Und Marijke?
Ich konnte mir uns beide ohne Jan nicht vorstellen. Jan war eine Erinnerung und Marijke eine Zigarrenkiste mit Reliquien.
Und ich?
Ich hatte mich im Zimmer eingeschlossen und rauchte die Zigaretten aus Jans angebrochenem Päckchen, eine nach der anderen, und dachte: „Wenn sich der Rauch auflöst, löse ich mich auch auf. Ich gehe ins Meer.“
Ich erwog, mich doch noch an mein Versprechen zu halten, in die Gärtnerei von Piet van Vliet zu laufen und den Schornstein hinaufzuklettern, aber das wusste Jan zu verhindern: Dafür, Kees, ist es jetzt zu spät! Und was willst du denn damit jetzt

noch beweisen? Du hast doch bloß eine große Klappe. Selbst wenn du hinaufklettern wolltest, du würdest dich ja doch nicht trauen. Und das ist auch gut so. Oder willst du etwa ebenfalls zertrümmert auf dem Boden liegen? Glaub mir, dazu braucht es nicht viel: Ein Hauch Meeresbrise und schwupps, schon fällst du. Deine Mutter wird sich freuen, die hat gerade ein Baby bekommen. Was gibt's denn da zu heulen?

Hau ab, Jan. Halt den Mund, du bist tot. Wer hat denn hier wen im Stich gelassen?

Sie sollten mich in Ruhe lassen, allesamt, aber sie ließen mich nicht in Ruhe. Mein Vater klopfte an die Tür und fragte, wie lange ich noch vorhätte mich einzuschließen? Truus wollte mit mir sprechen, Bertje rief meinen Namen: „Kees, kommst du? Du musst uns aus *Jan und sein Ballon* vorlesen."

Ich schickte sie alle weg. Meinen Vater, meine Schwester, meinen Bruder, aber dann kam Mutter mit Leo auf dem Arm. Sie bat mich nicht, nach unten zu kommen, ich sollte nichts machen, sie wollte nur mal nachsehen, wie es ihrem Jungen ging.

Ich brach in Tränen aus und wollte ihr alles erzählen, von meiner Verabredung mit Jan, dass ich ihn am Boden hatte liegen sehen und dass ich weggelaufen war, aber meine Mutter sagte: „Ruhig, mein Junge, ganz ruhig; ich verstehe."

Am nächsten Morgen saß ich am Frühstückstisch und bat Lies, mir das Glas *Pindakaas* zu reichen.

34

Sie hatten ein Andachtsbildchen drucken lassen, es lag neben dem eingerahmten Foto von Jan im Ladenschaufenster: *Wegen Trauerfall geschlossen.* Das Geschäft würde nie wieder geöffnet werden.
Ich hatte das Andachtsbild ebenfalls bekommen, während der Beerdigungsmesse. *Der Herr hat zu sich gerufen: Johannes Noordermeer.*
Ich hatte Jan auch gerufen, von unten, beim Schornstein: „Jan! Jan!“ Er hatte mich nicht gehört. Singend war er seinem Tod entgegengeklettert:
Wir sind die Herrscher des Waldes, der Berge und vom Meer.
Er ruhe in Frieden, stand auf dem Andachtsbild. Macht daraus besser: *Er renne in Freiheit*, hatte ich gedacht, als ich es gelesen hatte. Allmächtiger Gott im Himmel, ich flehe dich an, gib Jan eine Wiese, auf der er in Ewigkeit herumrennen kann.
Das Andachtsbildchen hatte ich in die Zigarrenkiste gelegt, in der ich bis vor Kurzem meine geklauten Marijke-Sachen aufbewahrt hatte. Ich hatte alles weggeworfen, die gesamte Marijke-Sammlung, bis auf das Kettchen. Wenigstens einen Gegenstand wollte ich als tastbare Erinnerung an ein früheres Leben behalten, denn genauso fühlte es sich an. Als ob ich zwei Leben hatte: Ein Leben vor dem Sturz und eines danach.

Truus hatte mir von dem Foto im Schaufenster erzählt.
„Schönes Foto“, sagte sie. „Schau's dir mal an.“
Ich war nicht sofort hingegangen, ich musste erst genug Mut sammeln, aber irgendwann war ich dann soweit und stand Auge in Auge mit Jans Porträtfoto, zwischen uns nur die Schaufensterscheibe.
Jan.
In einem Bilderrahmen mit einem schwarzen Band an der Ecke.

Um den Mund ein eingefrorenes Lächeln.
Verrückt, erst jetzt fiel mir die Ähnlichkeit zwischen ihm und Marijke auf. Die gleichen feinen Gesichtszüge, die ziemlich kleine Nase. Ihm fehlte lediglich das Funkeln in den Augen, aber vielleicht hatte Marijke es inzwischen auch nicht mehr. Dort hätte ein anders Foto stehen müssen, eines von uns beiden. Das Foto, das Marijke unten an der Wit-Brücke gemacht hatte, auf dem wir den Hecht hochhielten.
Eine Frau stellte sich neben mich. Bitte, lass sie den Mund halten, aber schon fing sie zu quasseln an: „Es ist so tragisch, sechzehn Jahre, noch so jung. Die armen Eltern, das muss die Hölle sein. Ich weiß, wovon ich rede. Ich hab's auch nicht leicht gehabt. Ach, wer schon?“

35

Es war nur eine Frage der Zeit gewesen, wann wir uns über den Weg laufen würden, so groß war das Dorf schließlich nicht. Dafür hatte es noch lange gedauert, einen Monat nach Jans Beerdigung. Marijke hatte mich auch gesehen. Wir blieben stehen und schwiegen, wer von uns würde anfangen?
„Hast du heute kein Fußballtraining?“, fragte sie.
„Ich habe aufgehört zu spielen.“
„Fehlentscheidung. Du warst wirklich gut.“
Wieder schwiegen wir.
„Ich …“, begannen wir im selben Moment und mussten beide lächeln.
„Sag du … Was wolltest du sagen?“, fragte Marijke.
„Ach, gar nichts“, antwortete ich. „Was Blödes.“
„Nun sag schon.“
Ich habe ein Brüderchen bekommen, wollte ich sagen, er heißt Leo – aber wie hätte ich ausgerechnet Marijke so etwas erzählen können? Ich musste mir etwas anderes überlegen, aber mir fiel nichts ein.
„Ich hab’s vergessen“, wich ich aus. „Und du? Was wolltest du sagen?“
„Auch was Blödes“, sagte sie.
Wir quatschten ein bisschen über belangloses Zeug. Ich hatte mich noch nie so hilflos gefühlt. Ich hätte sie umarmen sollen und trösten, und das so lange, bis ihre Augen wieder zu strahlen anfingen – aber ich konnte nicht.
Das war unser letztes gemeinsames Gespräch gewesen. Wir hatten uns zum Abschied nicht einmal die Hand gegeben, an einen Kuss war erst recht nicht zu denken gewesen.
Ein paar Wochen nach unserer Begegnung wurde das Schaufenster leergeräumt und ein Schild *Zu verkaufen* aufgehängt. Das *Photographie Noordermeer* gab es nicht mehr. Marijke und

ihre Eltern würden umziehen, auswandern nach Australien. Opa Vesuvius würde in den Niederlanden, im Pflegeheim, bleiben.
„Eine Schwester und ein Bruder von Noordermeer wohnen in Australien“, wusste meine Mutter zu berichten.
Auswandern.
Marijke zog nach Australien.
Ich muss zu meiner Schande gestehen, dass ich erleichtert war, als meine Mutter es mir erzählte.
Ich war wieder allein.

36

Jan war tot, Marijke in Australien und ich ging zur Schule, machte Hausaufgaben und schrieb gute Noten in allen Fächern. Ich lernte, als ob mein Leben davon abhängen würde, und in gewisser Weise war das auch so. Ich lernte, um zu vergessen. Mutter war stolz auf meine guten Noten und versprach, noch einmal mit Vater zu reden, ob ich nicht doch nach dem Schulabschluss auf die Realoberschule gehen dürfte, vorausgesetzt, ich würde noch wollen. Jetzt, mit Leo, gab es natürlich einen weiteren Mund zu stopfen, gab sie zu bedenken, aber wenn Gott Kinder schenkte, schenkte er auch Windeln.

„Wir werden schon eine Lösung finden, mein Junge."

Samstags putzte ich die Schuhe, ebenfalls, als ob mein Leben davon abhängen würde. Ich putzte sie so lange, bis ich mich in ihnen spiegeln und meine Frisur in Ordnung bringen konnte. Früher hatte mich mein Vater öfter ermahnen müssen, den Kaninchenstall zu säubern, jetzt kümmerte ich mich rechtzeitig darum, dass es sauberes Stroh gab und die Kaninchen genug zu essen hatten.

Sonntags ging ich morgens ins Hochamt und abends in die Andacht. Im Oktober, dem Marien-Monat, betete ich jeden Abend den Rosenkranz, entweder in der Kirche oder zu Hause, kniend in meinem Zimmer.

Ich sah mir nicht länger Filme an, keine *Dick und Doof*-Filme im Gemeindesaal und auch nicht im Kino in der Stadt. Sehr zum Leidwesen meiner ältesten Schwester. Truus wollte gerne *Ben Hur* sehen und noch lieber *Some Like it Hot* mit Marilyn Monroe, aber sie durfte nicht allein, sondern nur mit mir zusammen gehen. Das Gleiche galt für die Tanzschule.

Am Nikolaustag spielte ich *Zwarte Piet* für die Kleinen, erschreckte sie ein bisschen, aber nicht zu viel, zu Weihnachten kam der Fotograf und machte ein Familienfoto, jetzt mit Leo dabei, und am Neujahrstag half ich Gerda und Rinus dabei, ihr Gedicht für meine Eltern aufzusagen:

Lieber Papa und Mama,
ein jedes Jahr hat seinen Sinn,
ein jedes seinen Segen.
Es sei dem Jahr, das nun beginnt,
ein gutes Maß beschieden.
Gott geb ihm Sonne, Regen, Wind
und einen rechten Frieden.

Im Januar kaufte ich bei der Kaninchenauktion zwei neue *Vlaamse Reuzen*, die genau wie ihre Vorgänger Namen von *Feyenoord*-Spielern bekamen, und am dritten März feierte ich meinen sechzehnten Geburtstag und durfte eine Runde auf dem Mofa meines Vaters fahren.
Ein paar Tage nach meinem Geburtstag kam Post aus Australien.
Marijke!
Wusste sie, dass ich im März Geburtstag hatte?
Oben in meinem Zimmer riss ich mit zitternden Händen den Umschlag auf. Es fiel ein Foto heraus, das Foto, das sie von Jan und mir mit dem Hecht gemacht hatte. Auch ein Brief war dabei, ein enttäuschend kurzer Wie-geht-es-dir-Mir-geht-es-gut-Brief. Was hatte ich denn erwartet? Einen Liebesbrief mit dem Abdruck ihrer Lippen als Siegel auf dem Umschlag und einen Brief, in dem sie schrieb, dass ein Leben ohne mich sinnlos sei, dass sie zu mir kommen wolle, selbst wenn sie dafür einen Tunnel quer durch den Erdball graben müsse?
Rinus bekam die Briefmarke, den Brief und das Foto legte ich in die Zigarrenkiste zu Jans Foto und Marijkes Kettchen.
Abends im Bett durfte ich mich nicht mehr selbst befriedigen. Wenn ich eine Erektion hatte, versuchte ich, sie so schnell

wie möglich loszuwerden, indem ich meine Deutschvokabeln *Schwere Wörter* aus dem Kopf aufsagte und danach die Präpositionen nach denen der Dativ folgte: *mit, nach, bei, seit, von, zu, aus, außer, entgegen, gegenüber.*
Mein Vater gewann im Fußballtoto. Von den dreizehn Spielen hatte er zwölf richtig. Leider war er nicht der Einzige, aber immerhin gewann er sechshundert Gulden. Meine Mutter bekam einen neuen Gasherd, und den Rest des Preisgeldes gaben meine Eltern für den Einbau einer Dusche ins Toilettenzimmer aus. Wir brauchten nicht mehr ins Badehaus zu gehen und die Kleinen nicht mehr in die Zinkwanne, bis auf Bertje. Der hatte Angst vor der Dusche.
Nach Ostern fing die Tomatensaison an und ich teilte Piet van Vliet mit, dass ich nicht mehr zum Pflücken kommen würde. Er würde bestimmt Verständnis haben und wenn nicht, dann hatte er Pech gehabt.
Die Abschlussprüfungen fingen an, zuerst die schriftlichen, danach die mündlichen. Nach der Niederländisch-Prüfung wollte der Prüfungskommissar wissen, was ich nach dem Hauptschulabschluss machen würde. Er war von meinen Antworten auf die Prüfungsfragen beeindruckt gewesen, ich hatte alle richtig gehabt.
„Willst du eine Ausbildung machen?“
„Nein, Herr Prüfungskommissar.“
„Kees möchte auf die Realoberschule gehen“, antwortete mein Niederländischlehrer. „Nicht wahr, Kees?“
Ich schüttelte den Kopf.
„Ich werde ins Priesterseminar gehen.“
Es war das erste Mal, dass ich darüber sprach. Zu Hause wusste noch niemand davon.
Ich spielte schon seit einigen Monaten mit dem Gedanken, aber immer, wenn ich meinte, ich wüsste nun sicher, dass meine Zukunft in der Kirche als Diener Gottes liege, fing ich wieder zu

zweifeln an. Sollte ich oder sollte ich nicht? Ich konnte mich einfach nicht entscheiden.
Man müsse berufen sein, um Priester zu werden, hatte ich irgendwann mal gehört. Ich hatte das immer wörtlich genommen, Gott müsste mich rufen, aber bisher hatte Gott geschwiegen. Oder stellte ich mich taub?
Soeben hatte ich eine Entscheidung gefällt. Ich wollte Priester werden, Berufung hin oder her.

Im September brachte mich Mutter nach Heemstede ins Kleinseminar Hageveld, das bischöfliche Gymnasium, wo ich im dritten Schuljahr anfangen konnte. Truus bekam mein Zimmer, Rinus meine Angel und die Fußballschuhe.

1997

37

Heute wird der Schornstein abgerissen, UNSER Schornstein. Und ich werde dabei sein. Ich will mit eigenen Augen sehen, wie der Schornstein, der jetzt noch wie ein Ausrufezeichen auf dem brachliegenden Grundstück stand, auf dem einst die Gärtnerei von Piet van Vliet gewesen war, in zwei Teile brechen und dadurch einen Punkt hinter unsere Geschichte setzen wird.
Du bist nie ganz aus meiner Erinnerung verschwunden, aber in letzter Zeit muss ich wieder häufiger an dich denken. An dich und an Marijke. Und egal, wie weit weg du in Zeit und Raum warst, irgendwie schienst du auch immer ganz nah zu sein, als ob du mir am Tisch gegenüber sitzen würdest und ich mit dir sprechen könnte, als ob das die normalste Sache der Welt wäre.
Ich werde gleich noch bei meinem alten Mütterchen vorbeischauen. Achtzig wird sie dieses Jahr. Seit dem Tod meines Vater vor drei Jahren rufe ich sie täglich an. Nicht, dass wir uns viel zu erzählen hätten, aber sie freut sich, meine Stimme zu hören, und hält mich über die Neuigkeiten im Dorf auf dem Laufenden, auf diese Weise habe ich auch von dem Abriss erfahren.
Wir haben einander nur kurz gekannt. Kaum ein Jahr, mehr nicht, lag zwischen deinem Faustschlag auf meine Nase und deinem Sturz vom Schornstein. Du bist tot, aber ab und zu lebendiger, als zu der Zeit, in der du noch lebtest. Mein ganzes Leben lang begleitest du mich, gehst du neben mir her und läufst mir genauso oft vor die Füße.
Marijke habe ich nach deinem Tod nur noch ein paar Mal gesehen. Einmal habe ich sie zufällig auf der Straße getroffen. Wir wussten beide nicht, was wir sagen sollten, nicht, weil wir uns nichts zu sagen gehabt hätten, sondern eher, weil wir uns zu viel zu sagen hatten.

Kurz darauf ist sie zusammen mit deinen Eltern auf der *Zuiderkruis* nach Australien ausgewandert. Zu einem Onkel von dir, einem Bruder deines Vaters. Vielleicht ja dem Onkel, der einen deutschen Soldaten mit dem Taschenmesser umgebracht hatte, wie du mir damals weismachen wolltest.
Ich war davon ausgegangen, dass ich sie nach ihrem Umzug nach Australien nie mehr wiedersehen würde, bis zu ihrem Anruf in diesem Frühling. Ich hatte sie nicht sofort erkannt.
„Ich bin's, Mary ..., Marijke."
Sie würde in die Niederlande kommen, mit ihrem Sohn, um ihm das Land zu zeigen, in dem sie aufgewachsen war. Ob ich sie treffen wolle? Ich hatte Ja gesagt, „Ja, schön", aber je näher der Tag unserer Verabredung heranrückte, desto mehr fing ich an zu zweifeln, ob es wohl gut sei, sich zu treffen. Wäre es nicht besser, einander so in Erinnerung zu behalten, wie wir damals gewesen waren: jung und ohne Vergangenheit?
Wir hatten uns in einem der Strandcafés verabredet. Als ich hereinkam, war sie schon da. Ich entdeckte sie als Erster und blieb stehen, um sie einen Moment lang mustern zu können. Es dauerte einen Augenblick, bevor ich in der Frau am Fenster die Marijke von früher erkannte. Und ehrlich gesagt, war es mir auch bei der Begrüßung noch immer nicht hundertprozentig gelungen. Das geschah erst, nachdem wir die ersten unbeholfenen Momente überwunden hatten und anfingen, uns langsam zu entspannen.
Als sie mich entdeckt hatte, stand sie auf, warf dabei fast ihre Kaffeetasse um und sagte: „Kees?"
Sie formulierte es als Frage, anscheinend hatte auch sie Mühe, in dem Mann mit dem schwindenden Haar und Bauchansatz unterm Hemd den fünfzehnjährigen Jungen wiederzuerkennen. Die Zeit kennt kein Pardon.

Wir küssten einander unbeholfen auf die Wange, tranken Kaffee und erzählten einander abwechselnd, was aus uns in den letzten fast vierzig Jahren, in denen wir uns nicht gesehen hatten, geworden war.
Dein Vater lebt noch, Jan, aber deine Mutter ist gestorben.
„Sie konnten einander nicht helfen", hatte Marijke gesagt. „Mein Vater war wütend und meine Mutter traurig. Es war die Hölle zu Hause."
Deine Mutter hat deinen Tod nie überwunden, das wollte sie auch gar nicht. Wenn sie den Schmerz nicht mehr gespürt hätte, hätte sich das wie Verrat angefühlt. Schließlich hat sie ihrem Leben selbst ein Ende gesetzt.
Zu der Zeit hatte Marijke schon nicht mehr zu Hause gewohnt. Sie hatte mit neunzehn einen italienischen Migranten geheiratet, von dem sie schwanger war. Kurz vor ihrem zwanzigsten Geburtstag war sie Mutter geworden, ein Junge: John. Nein, das ist kein Zufall, sie haben ihn nach dir benannt, aber auch nach Sinatra. Mit vollständigem Namen heißt er John Frank Bonnici. Marijke hatte mir ein Foto von ihm gezeigt.
„Ein ... *what's it called* ... ein Schnappschuss."
Von wegen Schnappschuss, es war ein ausgezeichnetes Foto. Ich konnte in Johns Gesicht einige Züge von dir erkennen. Genau wie du hat er einen leicht hochmütigen Blick.
Du bist tot Jan, aber ein kleines bisschen lebst du in deinem Neffen John Frank, einem vierunddreißigjährigen *Aussie,* weiter.
Wir haben auch über dich gesprochen, Jan. Natürlich haben wir das, aber es gelang uns erst, als wir von Kaffee auf Wein übergegangen waren.
„Lass uns doch gleich eine ganze Flasche bestellen", hatte Marijke vorgeschlagen. Die konnten wir auch gebrauchen.
Marijke erzählte, dass du Angst hattest.
Angst, du?

Du trautest dich doch einfach alles, ich war der Ängstliche und das bin ich noch immer, auch wenn ich es jetzt Vorsicht nenne.
„Ich wusste genau, wenn Jan Angst hatte“, sagte Marijke. „Dann fing er an zu singen, meistens erfundene Lieder.“
Ich musste natürlich sofort an deine schicksalhafte Kletterpartie denken. Auf halber Höhe des Schornsteins hattest du zu singen angefangen. Hast du Angst gehabt? Ich kann es dich nicht mehr fragen, genauso wenig wie Marijke dich fragen kann, warum du damals den Schornstein hinaufgeklettert bist. Sie fragte es mich.
„Was meinst du, Kees?“
Auf dem Weg zum Strandcafé hatte ich mir fest vorgenommen, ihr mein Geheimnis, das ich seit dieser Zeit mit mir herumtrug, zu erzählen. Ich hatte sogar geübt, wie ich es ihr sagen könnte. Aber als sie mir dann da am Fenstertisch gegenübersaß, kamen mir Zweifel. Wem war mit der Wahrheit geholfen? Mir oder Marijke?
Ich hätte mein Gewissen erleichtern können, aber Marijke, wie würde sie es auffassen? Was würde ich ihr antun, wenn ich jetzt auf einmal, nach all den Jahren des Schweigens, mit der Wahrheit herausrücken würde?
Sie würde genauso überrascht reagieren, wie ich damals auf die Nachricht von Jans Tod reagiert hatte: Was?! Was?! Mit dem Unterschied, dass meine Überraschung damals gespielt war und die ihre würde echt sein.
Ich brachte es nicht übers Herz; Marijke war mit ihrem Italiener, wie sie ihren Mann liebevoll nannte, *my Italian*, und John Frank glücklich. Sie hatte wieder ein Funkeln in den Augen, und deshalb musste ich den Mund halten: Manchmal ist die Lüge der Wahrheit vorzuziehen.
„Tja, warum ist Jan den Schornstein hinaufgeklettert?“, wiederholte ich ihre Frage. Ich hatte die Antwort hinausgezögert, ich dachte: Du redest dir das schön, Kees, aber du verarschst dich

selbst. Marijke das Funkeln in den Augen gönnen! Hör doch auf. Du traust dich nicht, ihr die Wahrheit zu sagen, so sieht es aus! Wen auch immer ich beschützen wollte, mich selbst oder Marijke oder vielleicht uns beide, ich hatte mich letztendlich für die Lüge entschieden und sagte Marijke was ich einmal einen Bergsteiger auf die Frage, warum er unter Lebensgefahr den Himalaya bestiegen habe, hatte sagen hören: Weil er da stand.
„Vielleicht ist es tatsächlich so einfach", sagte Marijke.
Ich hatte einen Schluck Wein getrunken und mich für meine Antwort gehasst. Marijke hatte vorgeschlagen, etwas zu essen. Wir bestellten noch eine Flasche Wein, die Sonne ging hinter dem Meer unter, die Flut kam.
„Weißt du, was ich manchmal glaube ...", hatte Marijke auf einmal gesagt, nachdem wir schon eine Weile geschwiegen hatten. „Manchmal glaube ich, dass er gesprungen ist."
„Marijke!"
„Still, lass mich ausreden. Etwa eine Woche vor seinem Tod war Jan eines Abends in mein Zimmer gekommen. Er fragte, ob er sich neben mich legen dürfe, er müsse mich etwas fragen. Normalerweise hätte ich Nein gesagt, aber er wirkte so verzweifelt, dass ich die Decke für ihn aufhielt. ‚Aber nur kurz', sagte ich.
Er wollte wissen, ob ich in dich verliebt sei, und als ich Ja sagte, antwortete er: ‚Jan ist mein Freund, aber du darfst ihn haben. Habt ihr euch schon geküsst?' ‚Nein', sagte ich, ‚noch nicht' und dann sagte er: ‚Dann werden wir jetzt üben.' Ich verstehe bis heute nicht, warum ich ihn nicht aus dem Bett geworfen habe, aber du hast ihn ja auch gekannt: Er konnte so fordernd sein."
Ich wusste, dass ihr euch geküsst hattet, Jan. Du hast es mir selbst erzählt, und das sagte ich Marijke auch.
Sie schien schockiert zu sein.
„Wusstest du das?"

„So schlimm ist das nun auch wieder nicht“, sagte ich. „Ein bisschen knutschen mit dem Bruder und das auch noch für eine gute Sache.“
Darüber konnte sie nicht lachen, und warum das so war, verstand ich, als sie erzählte, dass es nicht beim Küssen geblieben war.
„Habt ihr? Hat er …?“
Sie hatte es noch nie jemandem erzählt: Euren Eltern nicht, natürlich, aber auch später ihrem Mann nicht oder ihrem Sohn.
„Und deshalb glaube ich manchmal, dass er gesprungen sein könnte“, sagte sie. „Aus Scham, und weil er dich möglicherweise an mich verlieren würde, oder mich an dich.“
„Aber er hat sich für mich gefreut, als ich ihm sagte, dass ich in dich verliebt sei. Er hat mich sogar umarmt und gesagt: ‚Jetzt sind wir Brüder‘.“
Marijke schien nicht überzeugt zu sein. Es dauerte einen Moment, bevor das Gespräch wieder in Gang kam und es gelang nur, weil wir beide es wollten. Später haben wir uns, vom Wein wohlig entspannt, verabschiedet. Wir haben uns lange in den Armen gehalten.
„*Heaven*“, sang ich ihr ins Ohr. „Weißt du noch? *I'm in Heaven.*“
Marijke hatte ihren Himmel in Australien gefunden, bei ihrem Italiener und John Frank, und ich freute mich aufrichtig für sie. Wir sagten Lebewohl und nicht Auf Wiedersehen, und das war gut so. Ein Taxi fuhr Marijke zurück in ihr Hotel. *Bye, Mary.*
Ich ging zurück, die Düne hinauf und setzte mich auf eine Bank, schaute aufs Meer. Weißt du, Jan, was ich mich all die Zeit gefragt habe? Damals, an dem Sonntagnachmittag, oben auf der Schornsteinspitze, kurz bevor du gefallen oder gesprungen bist, hast du da das Meer gesehen?
Mir wurde vom langen Stillsitzen kalt, ich stand auf und steckte die Hände in die Taschen.
„Mist!“

Ich hielt das Kettchen aus der Zigarrenkiste, Marijkes Kettchen, in der Hand. Oh ja, das weißt du natürlich nicht. Früher hatte ich Sachen von Marijke stibitzt, eine Haarklammer, einen Lippenstift, solche Sachen. Ich hatte alles außer dem Kettchen weggeworfen. Ich hatte es ihr zurückgeben wollen, aber jetzt war es zu spät.
Ich legte das Kettchen über die Banklehne und ging in die Nacht hinein.

38

Meine Mutter war nicht mit zur Schornsteinsprengung gegangen. Ich hatte sie gefragt, aber sie wollte nicht.
„Ich glaub's auch so", hatte sie gesagt. „Ich brauche es nicht mit eigenen Augen mitanzusehen."
Ich kann sie verstehen, sie hat schon so viel verschwinden sehen: Der Kanal war trockengelegt worden, die Auktionshalle abgerissen und Stück für Stück waren die Gärtnereien aufgekauft, später geschlossen und dann abgerissen worden. Die von Paul van Vliet war die letzte, die dran glauben musste.
Ich denke nicht, dass du das Dorf noch erkennen würdest, Jan. Höchstens an der Windmühle, der Kirche und dem Kriegerdenkmal bei meinem alten Fußballverein. Die Fußballfelder sind inzwischen an den Dorfrand verlegt worden.
Die Einkaufsstraße, in der dein Vater seinen Laden hatte, ist jetzt einem Einkaufszentrum gewichen, mit einer HEMA, einem Blokker, einer Etos und einem Albert Heijn. Diese Discounter sagen dir natürlich alle nichts. Du bist noch aus der Zeit der Kolonialwarenhäuser von De Gruyter.
„Alles verschwindet, so ist es nun mal", sagt meine Mutter. Sie sagt das ganz gelassen, ohne Missmut: So ist es, und es ist nicht schlimm.
Die ersten Migranten sind jetzt in ihre Straße gezogen, vor allem Surinamer. Die Häuser sind nicht nur alt und renovierungsbedürftig, sie sind auch billig. Am Anfang der Straße, in Nummer 3, wohnen *die Herren,* wie meine Mutter sie nennt. Sie sind einmal an unserem Haus vorbeigegangen, als ich, so wie jetzt, bei ihr zu Besuch war. Der mit den Haaren ist die Frau, hat meine Mutter gesagt.
Sie selbst hat sich kein bisschen verändert. Sie geht jeden Sonntag treu in die Morgenmesse, isst freitags Fisch und reicht zum Kaffee oder Tee *Mariakaakjes*-Plätzchen. Das Lokalblättchen,

das inzwischen dreimal den Namen geändert hat, nennt sie aber immer noch den *Schnarcher* und es wird von ihr von A bis Z gelesen, wobei sie immer bei den Traueranzeigen anfängt.
Du hattest es auch bis in den *Schnarcher* geschafft. *Tödlicher Fall – Junge stürzt von Schornstein*, ich hatte diese Zeitungsmeldung die ganze Zeit aufbewahrt, in der Zigarrenkiste, von der ich dir erzählt habe.
Ich hoffe für meine Mutter, dass ihr Viertel von der Abrisskugel verschont bleibt. Ein paar Mal stand es bereits auf der Abrissliste, aber dann wurde die Sache doch jedes Mal wieder abgeblasen. Zum Glück. Lasst meine Mutter bitte erst in Frieden sterben und dann könnt ihr meinetwegen mit dem Abrisshammer loslegen, aber nicht vorher.
Sie wohnt noch immer im gleichen Haus wie früher und gehört zusammen mit Herrn Van Dijk, der übrigens noch immer Tauben züchtet, zu den letzten Bewohnern aus der Anfangszeit.
Als ich damals Marijkes Brüste streicheln durfte, musste ich an Van Dijks schneeweißes Taubenpärchen denken. Das war kurz bevor du mit Marijke …
Ich kann es kaum glauben; hast du …, habt ihr wirklich …? Genauso wenig wie ich mir vorstellen kann, dass du damals gesprungen bist, wie Marijke vermutet.
Oder will ich es nicht glauben?
Jan ist gefallen, sagte ich. Aber ist das auch so? Hatte Marijke recht und bist du absichtlich gesprungen? Aber warum hast du dann gewollt, dass ich mit hinaufklettere? Wolltest du etwa, dass wir zusammen in den Tod springen? Oder hattest du es nicht geplant und hat es sich aus einem Impuls heraus ergeben? Bist du gesprungen, weil es die Möglichkeit dazu gab? Oder weil du gesehen hast, dass ich unten geblieben war?
Vielleicht ist es noch ganz anders gewesen und du bist weder gefallen noch gesprungen, sondern hast dich selbst losgelassen?

Ich bin heilfroh, Jan, wenn dieser Scheiß-Schornstein gleich in die Luft gesprengt wird.

Du bist nur einmal bei uns zu Hause gewesen, damals, als ich mein eigenes Zimmer bekommen hatte. Man kann sich kaum vorstellen, dass wir zu zehnt in diesem winzigen Haus gewohnt haben. Dieses Haus ist nur halb so groß wie meines und ich wohne allein darin, wieder allein. Ich bin immer allein gewesen. Das klingt bedauernswerter, als ich es meine.
Eigentlich verstehe ich mich gut mit meinen Geschwistern, habe aber trotzdem wenig Kontakt zu ihnen, weil mir nicht danach ist. Ich war schon so früh aus dem Haus, gleich nach dem Schulabschluss.
Nur mit Bertje habe ich regelmäßig Kontakt, den nenne ich immer noch Bertje statt Bert, obwohl er inzwischen über vierzig ist. Wir werden alle immer älter und hässlicher, aber du bleibst für immer sechzehn; schön und stark und jung.
Erinnerst du dich noch daran, wie wir im Kleiderschrank saßen und uns fragten, was Freiheit sei? Ich erinnere mich nicht mehr, was ich gesagt habe, aber an deine Antwort kann ich mich noch sehr gut erinnern: Nackt über eine Wiese rennen. Und dann scheißen, wohin man will, das hast du noch hinzugefügt.
Ich wünschte, ich könnte es glauben.
Aber ich habe gerade von Bertje gesprochen. Mit ihm fühle ich mich verwandt. Genau wie ich, kann auch er gut mit sich sein und braucht weiter keinen. Und ab und zu wollen wir das einander wissen lassen. Dann steht er plötzlich vor meiner Tür oder ich vor seiner.
Für Leo, meinen jüngsten Bruder, bin ich ein Fremder. Wusstest du, dass er am selben Tag geboren wurde, an dem du beerdigt wurdest?
Zwei Jahre nach Leo hat meine Mutter noch ein Kind bekom-

men, ein Mädchen, Elsje, aber da wohnte ich schon nicht mehr zu Hause. Ich war auf dem Priesterseminar. Überrascht dich das? Dein Vater hätte wohl auch nicht schlecht gestaunt.
Ich sehe ihn noch vor mir, wie er, als ich das erste Mal bei euch mitessen durfte, sagte: „Glaube ist eine gute Sache, solange er einem nicht im Weg steht." Aber genau das wollte ich, dass er mir im Weg steht.
Weit weg von zu Hause, auf dem Priesterseminar, fingen die Albträume an. Wieder und wieder sah ich dich fallen, manchmal fiel ich selbst, oder ich war Zeuge von Flugzeugabstürzen, ein unangenehmes Erbe des Zweiten Weltkriegs, obwohl ich den kaum miterlebt hatte.
Die Träume vom Fliegen, die ich in meinem Leben vor deinem Tod hatte, waren für immer vorbei, bis auf ein einziges Mal, aber da war ich unter Narkose gewesen. Ich hatte die Nase gebrochen, die nun operiert werden musste. Ich hörte einen Engelchor *Bleib bei mir, Herr* singen, dasselbe Lied, das in der Kirche gespielt wurde, als dein Sarg hinausgefahren wurde.

Bleib bei mir, Herr! Der Abend bricht herein.
Es kommt die Nacht, die Finsternis fällt ein.
Wo fänd ich Trost, wärst du mein Gott nicht hier?
Hilf dem, der hilflos ist: Herr, bleib bei mir!

Ich hoffe, Jan, dass Gott bei dir war, als in der Gärtnerei von Piet van Vliet am helllichten Tag der Abend für dich hereinbrach. Du warst hilflos, ja, denn an mir hattest du keine Hilfe.
Der Leitung des Priesterseminars blieb nicht verborgen, dass es mir schlecht ging. Ich war übermüdet, konnte mich nicht konzentrieren, schrieb ein Ungenügend nach dem anderen und sah aus wie eine Holzkohlezeichnung von Käthe Kollwitz. „Kees, der Geist" wurde ich von meinen Mitschülern genannt.
Man führte mit mir Gespräche, man wollte herausfinden, was mit

mir los sei. Man wusste von deinem Tod, aber ich wollte dich da heraushalten. Ich täuschte Heimweh vor, sagte, dass es langsam besser gehe und zum Glück war Letzteres tatsächlich der Fall.
Die Albträume waren nicht vorbei, das nicht, und selbst jetzt noch wache ich manchmal schweißgebadet auf, aber die Intervalle werden länger und seltsamerweise gewöhnt man sich mit der Zeit daran.
Ich schaffte die Versetzung ins nächste Schuljahr nur ganz knapp und musste deswegen nicht die Schule gegen Gartenarbeit eintauschen, um mich dann als *Spinatkaplan* beschimpfen zu lassen.

Mein Blick fällt auf die Uhr, ich muss gleich los, in einer knappen Stunde sprengen sie den Schornstein in die Luft. Aber meine Mutter besteht darauf, dass ich noch einen Teller Suppe esse.
„Du musst was essen, Junge."
Während meine Mutter in der Küche zu tun hat, schaue ich mir die Familienfotos auf der Kommode an. Selbstverständlich stehen dort ein Foto meines Vaters und Fotos der Kinder, der Enkel und Urenkel.
Von mir gibt es auch ein Foto, zwei sogar: eines als frisch geweihter Priester und eines als Bräutigam. Ich finde es schön, dass Mutter die Fotos die ganze Zeit hat stehen lassen, auch wenn beide nicht mehr zutreffen: Ich bin inzwischen weder Priester noch Ehemann.
Meine Ex heißt Emma. Wir waren füreinander Zufluchtsorte; Emmas Mann war gestorben, und mein Glaube an Gott war vom Zweifel verdrängt worden. Sie war der Tropfen, der das Fass zum Überlaufen brachte: Ich legte mein Priesteramt nieder.
Zu meiner Ehe nur so viel: Nach zwanzig Ehejahren haben wir uns ohne nennenswerten Streit getrennt. Wir liebten und lieben einander wie man einen guten Freund, eine gute Freundin liebt,

und auf Dauer ist das zu wenig. Wir haben gewartet, bis die Kinder aus dem Haus waren. Wir haben einen Sohn und eine Tochter, Freek und Anne.
Meine Mutter kommt mit zwei Tassen Suppe aus der Küche zurück: Tomatensuppe. Früher habe ich ihr immer Tomaten aus der Gärtnerei mitgebracht, jetzt kauft sie sie im Supermarkt.
„Lass es dir schmecken, mein Junge", sagt meine Mutter, nachdem jeder still für sich das Vaterunser gebetet hat.
Meine Mutter fragt, wie es den Kindern geht und erkundigt sich, ob ich genügend Arbeit habe. Ich arbeite als Übersetzer von zu Hause aus, nach einer kurzen und misslungenen Karriere als Niederländischlehrer.
„Mehr als genug", antworte ich.
Ich würde das Gespräch gerne auf dich und den Unfall bringen, aber ich weiß nicht, wie ich anfangen soll und deswegen schweige ich dich tot. Bis Mutter plötzlich sagt: „Dass das jetzt inzwischen 38 Jahre her ist! Es war an einem Sonntag, vier Tage später ist Leo auf die Welt gekommen. Ich habe dir das nie erzählt, aber damals habe ich mit dem Gedanken gespielt, ihn Jan zu nennen. Aber dein Vater war dagegen."
Ich bin froh, dass Leo nicht nach dir benannt worden ist, Jan. Ich hätte mich in Grund und Boden geschämt.

39

Ich bin nicht der Einzige, der sehen will, wie der Schornstein zu Fall gebracht wird. Es hat sich eine ansehnliche Anzahl Zuschauer versammelt, so an die hundert schätze ich, aber es können auch mehr sein. Hier und da meine ich, bekannte Gesichter von früher zu erkennen, Männer vom Fußball, Leute aus der Kirche oder Verwandte von ihnen.

Ich kann mich nur noch vereinzelt an die Namen erinnern, aber Gunther-holt-sich-einen-runter erkenne ich sofort. Und im gleichen Augenblick wird mir klar, dass er es nicht sein kann, denn dann wäre er seitdem keinen einzigen Tag gealtert. Dann muss es sein Sohn sein, mit dem gleichen roten Haarflaum. Vor ihm, in einem Rollstuhl, sitzt ein alter, zerbrechlicher Mann, dick eingepackt gegen den Seewind. Ob das dann Gunther ist? Ich habe keine Lust, mich danach zu erkundigen.

Ich bleibe hinten stehen, etwas entfernt von der Zuschauermenge, und warte auf das, was kommen wird. Der Schornstein ist das Einzige, was von der Gärtnerei noch übrig geblieben ist. Das Wohnhaus ist schon vor einiger Zeit abgerissen worden. Van Vliet ist nach dem Tod seiner Mutter nicht sofort dort eingezogen; er blieb im Haus seiner Mutter wohnen, das war billiger. Erst als ihn die Gemeinde auskaufen wollte, zog er ins Wohnhaus der Gärtnerei, ohne es nennenswert renoviert zu haben. Er zog erst aus, nachdem er für das Grundstück einen guten Preis geboten bekommen hatte. Aber viel hatte er von dem Geld nicht. Kaum dass es überwiesen war, bekam er kurz hintereinander mehrere Schlaganfälle, der letzte war tödlich. Das weiß ich von meiner Mutter, von einem ihrer Weißt-du-wer-vor-Kurzem-gestorben-ist-Gespräche am Telefon. Als sie mir von seinem Tod erzählte, war ihr das ans Herz gegangen. „Was hat sich der Mann doch selbst im Weg gestanden. Da hatte er endlich mal die Taschen voll Geld und jetzt liegt er zwischen sechs Bret-

tern. Ein Totenhemd hat keine Taschen, würde Vater jetzt sagen.“
Inzwischen haben sie den Sprengstoff angebracht, an zwei Stellen: unten am Fuß und auf halber Höhe. So weit bin ich damals nicht gekommen, nach ungefähr fünf Metern habe ich dich allein weiterklettern lassen. Du hast dabei unser Lied gesungen, das Lied vom Adler, fantastisch und groß.
Hast du Angst gehabt, Jan, und hast du auf diese Weise versucht, die Angst wegzusingen? So, wie du es früher gemacht hast, als du klein warst? Das jedenfalls hat Marijke erzählt.
Aber wovor hast du Angst gehabt? Dass du fallen könntest? Und hat diese Angst deinen Fall beschleunigt? Oder wolltest du mich bestrafen, weil ich zwischen dich und Marijke gekommen war?
Diese Fragen habe ich mir so oft gestellt, Jan.
Als du unten am Boden lagst, hattest du da in die Hose gepinkelt? Oder habe ich das im Nachhinein hinzufantasiert? Wann hast du dir in die Hose gemacht, Jan? Als du hinaufgeklettert bist oder als du hinunterfielst? Und hast du in den paar Sekunden, die du in der Luft hingst, noch etwas gedacht?
„Ich habe das Meer gesehen“, ich hoffe so sehr, dass das dein letzter Gedanke war.

Du hast nur wenig Zeit auf dieser Erde verbracht, Jan. Dein Leben war schon vorbei, bevor es überhaupt richtig angefangen hatte, als ob es mit Bleistift geschrieben und auf einmal einfach ausradiert worden sei.
Ich habe mich manchmal gefragt, was wohl aus uns beiden geworden wäre, wenn du nicht gestürzt, sondern einfach hinuntergeklettert wärst. Wären wir Freunde geblieben? Ich weiß es nicht. Auf alle Fälle hättest du mir erst einmal eine vor den Latz geknallt. Das hätte ich gerne in Kauf genommen, Jan.
Jetzt wird es dann endlich passieren. Die Männer innerhalb der Absperrung gehen ebenfalls auf sicheren Abstand. Es wird still in der Menschenmenge, es ertönt ein Signal und dann ein Knall.

Der Schornstein bricht in zwei Teile, eine Staubwolke steigt auf, es wird applaudiert.
Den Applaus widme ich dir, Jan.
Gleich, wenn sich der Staub gelegt hat, werden die Bagger und Lkws kommen, um den Schutt wegzuräumen und das Grundstück baufertig zu machen. Hier werden Wohnungen gebaut, die schon in einem Jahr bezugsfertig sein sollen. Dann ziehen hier Familien ein mit Kindern. Dann wird ihre Zeit kommen.
Und wir, Jan, wir waren einmal.

Epilog

Die Feier ist vorbei. Ich bin mit dem Taxi nach Hause gefahren. Allein. Obwohl ich müde bin, will ich noch nicht ins Bett. Ich glaube nicht, dass ich schlafen könnte.
Ich sitze in meinem Sessel und trinke noch ein Glas Wein. Meine Kinder haben sich alle Mühe gegeben.
Freek hat, als Kaplan verkleidet, eine witzige Rede über mein Leben zum Besten gegeben. Sich von einer amüsanten Anekdote zur nächsten hangelnd, ist er an der Oberfläche und auf der sicheren Seite geblieben. Immer die Kirche im Dorf lassen, das muss er von mir haben.
Anne hat ein Lied gesungen, das mich mitten ins Herz getroffen hat: *Wer bist du Papa? Ich habe dich nie gekannt.*
Bis zur letzten Note hat es keiner von uns beiden ohne Taschentuch geschafft.
Ich bin ihr Vater. Ich bin froh, dass es meine Kinder gibt und ich liebe sie, aber sie haben von mir nicht bekommen, was sie verdient hätten. Genauso wenig wie Emma, meine Ex-Frau. Ich habe es ihnen nicht geben können.
Meine Enkelkinder haben mir ein Fotobuch geschenkt, und zwischen den einzelnen Gängen des Menüs habe ich mit Emma getanzt.
Sie hatte mich gefragt, ob sie ihren Freund Gerard mitbringen dürfe? Ich hatte nichts dagegen gehabt.
Tijmen, mein jüngster Enkel, hat den Kampf, wer neben Opa sitzen darf, gewonnen. Gegen Ende der Feier war er erschöpft und müde. Er lehnte den Kopf an meine Brust und sagte, dass er zu Hause sofort ins Bett gehen und hundert Jahre schlafen würde, genau wie Dornröschen.
„Und du, Opa“, hat er gefragt, „was wirst du machen, wenn du zu Hause bist?“

„Das ist ein Geheimnis“, habe ich geantwortet. „Aber dir werde ich es verraten. Ich werde es dir ins Ohr flüstern.“
Tijmen ist sofort hellwach gewesen.
„Wisst ihr, was Opa machen wird, wenn er zu Hause ist?“, hat Tijmen durch den Saal gerufen. „Er wird nackt über eine Wiese rennen!“

Glossar

Mof – ursprünglich Schimpfwort für die Nazis während der niederländischen Besetzung, später überhaupt für Deutsche (Moffen)

NSB – Nationaal Socialistische Beweging. Extrem rechte politische Bewegung, die im Zweiten Weltkrieg mit der deutschen NSDAP sympathisierte und sie unterstützte

Oberrealschule – veralteter Schultyp. Bis 1965 mussten alle Oberrealschulen umbenannt sein in Gymnasium